COLLECTION FOLIO

Maria Pourchet

Champion

Gallimard

© *Éditions Gallimard, 2015.*

Maria Pourchet est née en 1980. Elle vit et travaille à Paris. Elle est l'auteure de plusieurs romans remarqués, *Avancer* (2012), *Rome en un jour* (2013), *Champion* (2015), *Les impatients* (2019), parus aux Éditions Gallimard, ainsi que *Toutes les femmes sauf une* (Pauvert, 2018).

« Voici la clef de la petite chambre, au bout de la longue galerie, du dernier appartement bas. Ouvrez tout, fouillez, allez partout. Mais en cette petite chambre, je vous défends d'entrer jamais, sur votre vie. »

Barbe-Bleue
(version de Charles PERRAULT, 1697)

PREMIER CAHIER

Dans cette histoire, personne n'est là pour plaire, juste se faire comprendre. Il sera question d'effraction, paires de claques, mort naturelle, et si la démonstration l'exige, quelque chose pourrait brûler, on verra. Le sujet, c'est Fabien, Fabien, c'est moi, et c'est ma mère qui en parle le mieux. Fabien n'est pas un cadeau, n'est pas le centre du monde, pourrait faire des efforts, n'ira pas loin, pourrait se coiffer avec autre chose qu'un râteau, va s'en prendre une, va se retrouver en pension.

À part ça, j'ai quatorze ans. Du moins, j'avais.

La saison, c'est l'hiver, le décor, on s'en fout. Une ville bâclée autour d'un fleuve marron, dont les rues portent les noms des présidents de la Troisième République, ici les gosses les récitent par cœur, Thiersmacmahongrévycarnotperierfaureloubet, très tôt, dans l'ordre, presque sans respirer. C'est un peu la performance locale. Quinze mille habitants, une seule usine, qui fait du papier, qui fait manger tout le monde, le jour où elle ferme, ce sera des familles entières sur la paille. On a une piscine, on a un musée de la Guerre. Parce que ici, en 14-18, c'était spécialement une boucherie. On a un obus entier dans une vitrine. Les villes comme ça, probable qu'on en trouve partout, sûr que je ne suis pas le premier à compter les jours entre le patelin et l'Amérique. Tout le monde naît quelque part, crache dans la soupe, déserte. Tout le monde.

L'époque, c'est 1992, c'est assez ennuyeux, 1992. Je m'ennuie. Il y a pourtant des tirs de roquette à la télévision, des villes qui flambent, mais j'ai pas le droit de regarder, la Yougoslavie, c'est pas pour les enfants. Du point de vue de mes parents, la Yougoslavie, c'est ici : le chômage touche les cadres, l'électricité augmente, le timbre aussi, François Mitterrand va de plus en plus mal et Metallica fait des disques. Heureusement, dans le reste du monde, un certain Gérard vient de traverser, seul, le Pacifique à la rame. Ça ouvre des perspectives inouïes.

Nous ne sommes plus en 1992. Nous l'étions au moment des faits. C'est du passé, déjà périmé de trois cents jours, je n'ai plus quatorze, mais quinze ans sonnés. Pourtant, cette histoire, rien à faire, elle ne me sort qu'au présent de l'indicatif. Ça s'appelle ruminer. D'après vous, ça se soigne, docteur, et je vous souhaite d'avoir raison, j'aimerais autant passer à autre chose. Je ne me vois pas bouclé ici un mois de plus.

Je vais le remplir votre cahier, vendu, puisque

se répandre dans un magnétophone depuis six mois ne nous mène apparemment nulle part. Je reconnais qu'à l'oral je mens. Je vais vous pondre l'histoire comme la médecine l'exige, avec les lieux, les dates, les noms des gens, et les choses telles qu'elles sont, malgré le mal qu'on se donne pour leur laisser une chance. J'aurais préféré que ça passe avec le temps et du Doliprane, mais puisque, à vous entendre, c'est mon ticket de sortie, le meilleur chemin pour aller plus loin, d'accord. N'importe quoi pour revoir le soleil.

Parenthèse, aller loin, c'est dans mes projets. Mais j'ai prévu d'aller nulle part avec vous, j'espère que vous en êtes consciente. J'ai déjà une mère officielle, même si elle s'en fout, et nous ne pourrions rien vivre de sérieux tous les deux. Autre chose, ça me désole pour vous : dix ans de fac pour pas trouver mieux qu'une rédaction, avec un sujet aussi pourri que « racontez-moi l'année précédente avec tous les détails qui vous passent par la tête », bonjour l'ordonnance. La dernière qui m'a filé plus ou moins la même consigne, j'étais en sixième, elle avait un Capes de français. Et encore, pas sûr. Enfin j'imagine que vous savez ce que vous faites. Allons-y.

Rapport à la papeterie, je préférerais des cahiers à gros carreaux. J'ai l'habitude de noter des détails dans la marge. On va commencer en 1992, quelque part en février.

Aujourd'hui est un jeudi, pas particulièrement historique mais marquant. Il s'est passé quelque chose qui pourrait ressembler à un début. Probable que tout a commencé bien avant, quand j'ai atterri dans ce trou, ce serait alors l'histoire d'un mec qui se serait planté de planète, de siècle ou de parents. Mais je me suis dit, Fabien, commencer une histoire par la naissance d'un type, quand le type n'est pas Napoléon, épargne-toi ce ridicule.

D'où, février 1992, jeudi, quatorze heures, cour du collège Notre-Dame-de-la-Convention. Dans mon souvenir, il neige. Et vingt-deux mecs en short se fabriquent une angine pour attirer l'attention de trois filles même pas fantastiques qui regardent ailleurs. La quatrième A rencontre la cinquième B dans un match de foot amical et injuste, les quatrièmes étant largement plus entraînés que nous. Quand je dis nous, c'est les autres. Ils sont sur le terrain, moi sur le banc, inutile et congelé. Remarquez, je préfère. Je ne suis pas le gars qui se plaint.

Maxime Andrieux s'installe à ma droite. Maxime Andrieux ne joue pas non plus au foot. Lui son problème, c'est le poumon fragile, chacun sa croix. Maxime a déjà seize ans, trois ans de retard au compteur, mais ce n'est pas qu'il est bête, ce serait parce qu'il est gaucher. Une explication qui en vaut une autre. Maxime voudrait que je dégage du banc, motif, il a un rencard. Elle va arriver, la fille, elle voudra s'asseoir et sûrement pas sur tes genoux, ce serait de la science-fiction, Bréckard, une fille sur tes genoux. Je lui fais un doigt, il m'en fait un à son tour, j'insiste de l'autre main, bref, on discute.

— T'as dix secondes pour décoller, Fabien.

Encore un échec du dialogue.

— Dix, neuf, huit, sept…

À six, il s'arrête, et crache dans ses mains. Non, il ne va pas m'étrangler. Il va se recoiffer avec le glaviot. Il doit se trouver plus beau avec la mèche à gauche. Il est follement amoureux de sa personne, ce type, vous n'avez jamais vu ça. Il se regarde passer dans toutes les vitres et dès qu'il y a un rétroviseur, un enjoliveur ou même de la robinetterie, il se plante devant pour se mater. Il se regarderait dans sa merde, s'il y avait un reflet. Je pense que lui aussi vous pourriez l'aider à redescendre sur terre, mais attention : c'en est un vrai, de malade.

— Cinq, quatre, trois, je rêve ou t'es toujours là ?

— Tu rêves.

Son rencard débarque, c'est la Ludivine,

presque à poil avec des après-skis. On croit rêver, des fois. Une de ces allumeuses, celle-là, elle ne s'arrête jamais, même sur les profs. Elle dit Max, salut mon cœur, je dis salut, t'as pas froid comme ça, en culotte ? Elle dit Max, on bouge notre cul ailleurs, car elle parle aussi bien qu'elle s'habille, Ludivine, et Maxime obéit parce que c'est dans son intérêt.

— Bréckard, renvoie la balle, putain !

Entre-temps, le ballon a roulé à mes pieds. Ça arrive. Je devrais me lever, tenter un tir de corner, participer. Je sais bien. Mais qu'est-ce que vous voulez que je vous dise.

Maxime se dévoue, récupère la balle, la renvoie de la tête. Vu et revu. Le seul truc qu'il sait faire correctement, avec rouler des pelles et choisir ses fringues. Ludivine applaudit, quelqu'un crie Cantona, Maxime frémissant se rassoit, il doit penser qu'il a bien fait de se recoiffer, Ludivine lui saute au cou, Maxime lui touche les seins.

Quand même. Il y a des vies plus faciles que d'autres.

Le truc marquant, c'est autre chose.

À l'entrée de la cour, au portail, se tient une Vierge à l'Enfant, en pierre. Notre-Dame-de-la-Convention, c'est elle, plantée là toute l'année, afin qu'on n'entre pas sans savoir, en pensant voilà un bahut comme un autre, gratuit, sympathique, avec ses vingt pour cent de recalés au brevet, ses pions dépassés, sa cantine dégueulasse, son prof de sciences au pastis à neuf heures. Ici, tout ça, c'est payant. Bref, à la reprise, suite à un penalty un peu vif de Franck Débrice, le ballon survole le terrain et décapite l'Enfant. Net.

Aucun témoin, aucun surveillant dans les parages, hormis Conrad qui bayait aux corneilles et qui, de toute façon, ne voit rien de loin. Un handicap très recherché chez le garde-chiourme, on a beaucoup de chance de l'avoir. Franck file chercher la balle en douce, tente un peu de remettre la carafe du Christ à sa place, laisse tomber, reprend son poste et le match se termine sans surprise avec un zéro-zéro.

Mais plus tard, à la fin de la journée, Franck Débrice a été convoqué. Un nid de cafteurs, cette taule. Et quelques semaines après, Franck est parti. La direction n'attendait qu'une occasion de l'exclure, trois ans que le type sévissait, toujours à démolir quelque chose ou quelqu'un, de la graine de leader qu'on ne freinait pas avec des heures de colle, ça se lisait sur sa belle gueule et vous l'auriez viré aussi. C'est pas grave, il s'en sortira. L'intéressant, c'est qu'avant d'être un exclu Franck était une légende. Bonne nouvelle, la roue tourne.

S'ensuit un après-midi sans intérêt, sauvé par une heure d'anglais, un cours pour lequel je tuerais père et mère. J'adore cette expression. Je tuerais père et mère.

Je déconne. Je cherchais juste à vous donner une preuve de lucidité. Les vrais tarés ne déconnent jamais, vous devez le savoir. Sérieusement, l'anglais est la base de mon curriculum vitae. Dans trois ans, je m'installe à Manhattan, je mets six mille bornes entre vous et moi, Lydia. Vous ne serez pas triste, d'ici là vous en aurez eu votre claque de Fabien Bréckard, chambre 653.

— *Who wants to begin ?* Constance ? Arnaud ?
fait semblant d'interroger Mlle Weiss, mais c'est du flan. Elle me veut. Elle n'a que moi. Je la ramène comme un mort de faim, impossible de me retirer le crachoir, j'ai du vocabulaire à plus savoir qu'en foutre.
— *Me, miss !*
— *So, Fabian. What does Jimmy do, today ?*
Jimmy, c'est le type du manuel. Un Britannique qui semble faire un tas de choses, sauf aller en classe ou chez l'orthodontiste. *Jimmy at the winter sports, Jimmy at the sea, Jimmy plays soccer.* Un branleur. *Today, miss, Jimmy makes a walk in forest with his class. Plants ! Animals ! Mushrooms !* que je m'emballe comme si j'y étais.

Mademoiselle m'écoute, avec ce sourire très échancré qui donne envie d'acheter son dentifrice. Elle sait enfin pourquoi elle fait ce métier. Je me vois formidable dans ses yeux, elle se voit indispensable dans les miens. J'ai connu des gens qui vivaient ensemble pour moins que ça.

J'envoie le reste de la journée de Jimmy les doigts dans le nez et je regagne ma place.

— Attends, crie Poliva, tu nous as pas raconté la fois où Jimmy a baisé ta sœur !

Hilarité générale. Je vous présente Arnaud Poliva, le mec qui peut dire n'importe quelle connerie, ce sera un succès populaire, rien à voir, cependant, avec un don. C'est basé sur son physique, sur son nom, un peu sur la peur. Arnaud Poliva n'aura pas besoin d'inventer la poudre pour se faire remarquer. Son père possède Poliva Industries, c'est-à-dire que les deux tiers des pères des autres bossent sous les ordres du sien, dans la pâte à papier, et Arnaud pense que c'est héréditaire. Il se permet à peu près tout. Il a des troupes rangées autour de lui, des gens qui font ses maths ou distribuent des gnons à sa place. Il en cherche encore un, capable de faire les deux, les torgnoles et les équations. Je pourrais tout à fait être ce phénomène de foire, en effet. Mais je ne me suis jamais porté candidat, après les gens s'attachent, après c'est foutu. Regardez dans quelle merde je suis avec vous. J'ai été agréable en arrivant, vous m'avez jamais laissé repartir.

Suite à l'anglais, une heure d'éducation civique. Une lecture des Droits de l'enfant qui, selon les articles 12, 13, 14, 15, aurait liberté d'expression, d'association, de réunion, de conscience, de pensée, figurez-vous. Vous vous en souviendrez, parce que ça vaut pour toute l'Europe, paraît-il. Et je me demande si, entre les séances d'hypnose et la présence obligatoire aux groupes de paroles, on n'est pas très à côté des articles 12, 13, 14, 15, dans votre asile. Oui je sais, c'est pas un asile.

Et trois heures après, on dîne. Alors la gamelle, c'est comme tout, ça se mérite. Il faut traverser une sorte de sas, un premier couloir, et puis un escalier, et encore un couloir long comme un jour sans pain. Environ quatre cent cinquante mètres, dont trente de dénivelé. Il est dix-neuf heures trente, c'est la ruée, j'y suis pas. J'attends sur un banc, toujours le même, que la piste soit bien dégagée, que chaque interne soit posé à l'intérieur, devant son assiette. Je me méfie beaucoup du troupeau. Il vous passe sur le corps sans émotion. Si.

Je grille une clope, défiant la focale de Conrad qui m'observe à moins de vingt mètres. Je relis mes aveux à Hélène Chamot, au marqueur sur la façade de l'internat des filles. Ils datent de lundi dernier et n'ont toujours pas été effacés. Pour nettoyer, il faut des élèves en retenue et de l'essence. Les élèves collés, ça se trouve, c'est l'alcool à brûler qu'on a perdu. L'angoisse. La personne qui l'a emprunté peut tout à fait être mineure et en possession d'une boîte d'allumettes. Et l'adolescent ne pense qu'à foutre le feu, à lâcher des bombes, à marquer l'histoire, enfin vous savez ça mieux que moi.

Le réfectoire est un lieu jaune et gris, très haut de plafond, qui sent à la fois la Javel, la soupe et le pneu, il faut avoir faim. Six fenêtres grillagées, deux cents places à table, trois fontaines à eau défoncées et autour, des mares de flotte où on nous promet qu'un jour quelqu'un se cassera une jambe. On attend. Ce sera spectaculaire.

Le self est assez calme le soir, certains disent familial, mais je ne me rends pas bien compte. Vingt-huit internes au total, dix-sept garçons dont quatre de cinquième, onze filles dont deux très belles, avec chacune leur copine assez correcte. Onze moins quatre, reste encore sept pas jolies, plus ou moins cinquante pour cent de la population. C'est là qu'on voit qu'on n'est pas en Amérique. Quant aux pions, c'est comme les oiseaux, ceux de la nuit ne sont pas forcément les mêmes que ceux du jour. À dix-neuf heures trente, on peut trouver Hervé, un nocturne, et Conrad, un meuble, présent H 24 et qui, je pense, mourra en scène en réglant la circulation à l'entrée du self, paf. Il y a des destinées comme ça. Bien tracées, pas décousues.

Je m'installe en face d'Étienne, un type presque aussi doué que moi pour garder de la place autour de lui, vous allez voir.

Moi, cordial, m'adressant à Étienne :

— Salut, il est potable le poisson ?

Étienne, un balai dans le cul, s'adressant à la France :

— La préparation de la cérémonie de clôture des J. O. d'hiver met Albertville en émoi.

— C'est sûr. Bon appétit.

— Cette communion magique mêlera une dernière fois spectateurs et sportifs, orchestrée par Philippe Decouflé qu'on ne présente plus, qu'il me balance en pleine face, tandis que sa tranche de colin refroidit.

Déjà que chaud, c'est difficile.

Alors que fait Étienne ? Il présente le journal d'Antenne 2. Pourquoi ? Parce qu'il n'a pas beaucoup mieux à faire et que c'est tout ce qui le passionne ici-bas. Il émet deux journaux par jour minimum, et d'après les types qui partagent sa chambre, une édition de nuit. C'est du plein-temps. Il s'envoie tous les jours tous les journaux en entier et les restitue brut de décoffrage, quasi sans baratin. Uniquement les faits, les noms et les dates, ça vous plairait beaucoup, Lydia. C'est très rare qu'Étienne nous fasse subir son opinion personnelle, probable qu'il en a pas. En revanche, c'est toujours périmé, ça, il n'y peut rien. Sa source, c'est les canards de M. Vachelet, *La Croix*, *Le Monde*, *Le Figaro*, que M. Vachelet tient à lire avant nous afin d'être le premier informé. C'est capital quand on est directeur. Le temps que Vachelet les finisse, qu'il les dépose dans la salle des profs, l'information s'est déjà pris quarante-huit heures dans la vue. Ensuite, le temps que la dame de ménage les dépose dans la poubelle, le temps qu'Étienne les réceptionne, ça fait déjà une semaine qu'il se passe autre chose sur Terre et dans le journal.

— La régie Renault a annoncé que la Super-cinq verrait cependant le jour sur le site de Boulogne-Billancourt, s'enflamme Étienne sans transition, à propos de la fermeture des usines Renault, bouclée depuis deux mois.

Je l'écoute d'une oreille tout en mangeant, par principe, mon colin dégueulasse. J'avale tout ce qu'on me sert, du moment que ça n'est pas empoisonné. C'est important de savoir manger de la merde, ça endurcit son homme. Le jour où je devrai boire ma pisse ou bouffer des algues, ça passera tout seul.

Si aujourd'hui au Centre, je vous nettoie le plateau c'est pour ça. N'allez pas croire que c'est mangeable. Parce que c'est pas une légende, tout ce qu'on raconte sur la bouffe d'hôpital. Je sais, c'est pas vraiment un hôpital, on dit lieu de repos. Je t'en foutrai. Vous avez entendu comment ça gueule, la nuit, dans les couloirs ? Ils appellent tous leur mère, on n'a pas idée.

Je mange donc mon poisson avec la meilleure volonté du monde et Étienne me donne les nouvelles, dans le même état esprit. Un grand s'approche de notre table. Il voudrait changer de chaîne, pour avoir la météo et le tirage du Loto national, s'il te plaît, Claire Chazal. Étienne ne répond même pas. Il est un peu méprisant Étienne.

— Dégage, que j'invite le grand à s'éloigner.

De toute façon, Étienne ne s'intéresse pas à ces rubriques de trouduc. Lui son dada, c'est l'automobile et la politique européenne. Et les explosions. Dans le Pacifique, à Vaux-en-Velin, dans les bars marseillais, n'importe où, il adore quand ça pète, Étienne, même à la gueule des innocents. C'est son côté adolescent, voir plus haut. Sans ça, il est très professionnel, très cultivé. J'espère qu'ils le prendront, plus tard, chez Antenne 2.

Ce soir, comme souvent, on a le dirlo en voisin, André Vachelet. Il habite à côté avec son épouse, Mme Eliane Evrin-Vachelet dite Bobonne, elle-même prof de français dans les murs, et Pauline Vachelet, leur fille, qui est une calamité. À dix-neuf ans, Pauline aurait déjà fait un enfant de père inconnu dans le dos de ses parents. À vérifier. L'information vient de Grégory, connu pour parler, pas forcément pour savoir.

M. Vachelet passe en général une demi-heure avec nous, sur le créneau du J. T. de vingt heures — le vrai, pas celui d'Étienne. Il passe à toutes les tables, goûte la soupe, fait des remarques de vieux con sur le pain qu'à notre âge il ne connaissait pas si blanc, si frais. Il nous serre la main en nous donnant le prénom des autres, ou même de gars qui ne sont plus dans l'établissement. Bonsoir, mon petit Alexandre, quand c'est officiellement Steve. Mais c'est l'intention qui compte et ça maintient la paix sociale. J'aime bien ses visites. J'en profite pour lui parler de choses à propos desquelles seuls les dirigeants ont des débuts de réponse. La force du franc, les essais nucléaires, l'Europe oui ou merde. Ce soir, je le chauffe un peu sur la question des médailles françaises en ski aux J. O. d'hiver, c'est-à-dire pas beaucoup d'après Étienne, qu'est-ce qu'ils foutent à la fin, on est en train de se faire coiffer par les Ritals. Vous n'allez pas me dire que c'est compliqué de prendre trois virages d'affilée, sans se cogner une porte à chaque fois ? Mais M. Vachelet veut surtout savoir si j'ai pris un fruit, si l'environnement ne me rend pas trop nerveux, si je n'ai pas d'idées noires. Je lui avoue que je ne pense plus du tout à me flinguer. C'était une tocade, ça m'est passé.

— En voilà une bonne nouvelle, Franck, mais ne va trop vite non plus, repose-toi.

— Fabien.

M. Vachelet dit que Franck ou Fabien, ça ne change rien au problème, il est convaincu que je suis encore fragile. Que je n'hésite surtout pas à me confier à M. Conrad, ici présent qui est là pour ça, n'est-ce pas, monsieur Conrad ? M. Conrad pousse alors un soupir de condamné, du genre achevez-moi tout de suite.

Je jouis à Notre-Dame d'un privilège inexpliqué : la chambre individuelle. En gros, j'ai un parking alors que les autres s'entassent à trois dans des piaules de seize mètres carrés, sachant que sur les trois, vous en aurez toujours un qui ne se lave pas. C'est statistique, à nos âges. Ma chambre est au départ prévue pour deux, alors j'ai tout en double comme un bourge, le lavabo, la penderie, le lit, le bureau. J'ignore à quoi je dois ça, mes parents doivent allonger un supplément, ne me demandez pas où ils vont chercher tout ce pognon. J'aurais préféré avoir un voilier, si on m'avait demandé.

Il est en général vingt et une heures quand je rejoins mon palace. Je m'étends sur le dos, je garde mes pompes, je m'allumerais bien une clope mais je n'ai jamais réussi à péter le détecteur de fumée. On peut commencer à parler de tranquillité. Sauf les fois où Conrad fait des rondes pour surprendre ceux qui s'astiquent. C'est interdit de s'astiquer dans le règlement intérieur, rédigé il y a trente ans par des sadiques, et laissé tel quel par les sadiques actuels. Article 8, « Le surveillant veillera à l'hygiène personnelle des résidents et pourra prévenir, en accord avec la direction, toutes formes de pratiques solitaires nuisibles à la santé de l'élève ». On trouve une quantité d'interdictions dans ce torchon, ça donne une idée de la journée d'un jeune dans les années soixante. Interdit, interdit, interdit. Ils avaient du mérite, les mecs. Le résultat aujourd'hui c'est que mon père, vous ne pouvez pas lui demander de pisser droit dans la cuvette ou de respecter une priorité à droite. Il a un besoin maladif de se permettre.

Le règlement laisse pas mal de portes ouvertes à Conrad, qui les enfonce. Si un type de bonne volonté a subitement de gros problèmes pour retenir ses verbes irréguliers, ne cherchons pas, c'est un type qui s'astique beaucoup trop. On ne va pas le coller pour ça, le type, il ne comprendrait pas. Du coup, application du règlement, campagne de prévention, Conrad ouvrant quatre fois la porte des piaules entre vingt-deux heures et minuit en criant « confisqué ! », le tout sur huit jours. Il faut être patient. Cette semaine, on est en plein dedans, suite aux conclusions alarmantes des derniers conseils de classe. Un interne sur trois s'est ramassé les Avertissements et comme on n'a pas la télé, ils déduisent qu'on se branle sur les heures d'étude, et bien sûr, que c'est vrai. Avec les douches qui sont collectives, les chiottes qui ne ferment pas, ça ne fait plus tellement d'intimité possible. Mon avis, c'est que ce n'est pas bon pour le mental de l'habitant, mais n'hésitez pas à me donner le vôtre, Lydia, en tant que psychiatre. Je me retiens toujours d'en parler à M. Vachelet au dîner, André est plutôt à l'écoute, le tout étant de présenter la chose poliment. Mais vas-y pour trouver des synonymes polis de branlette.

Sachez enfin que l'internat est l'endroit le plus animé du département. Chaque jour, quelqu'un invente une connerie que Conrad n'a pas encore rencontrée dans sa carrière. Conrad se plaint énormément, la vérité c'est qu'il tient le plus beau poste de cette ville insupportable : grâce à nous aucune journée ne ressemble tout à fait à la précédente. Et pourtant il nous affirme qu'il tuerait n'importe lequel d'entre nous pour une place de guichetier à la Caisse d'Épargne. Mardi dernier, de nuit, Maxime a chié par la fenêtre au risque de passer par-dessus bord, de s'exploser en bas et d'être surpris cul nu par le Seigneur ou par l'ambulance. Le mercredi suivant, un anonyme a rempli les toilettes avec la neige carbonique de l'extincteur, et un dimanche soir, on a trouvé un enfant de trois ans abandonné dans le couloir. Quelqu'un était venu montrer son petit frère, avait oublié de le remettre dans la voiture et sa mère était rentrée à vide. On a vu revenir la daronne une heure plus tard, énervée, piaffante et surtout pas gênée, comme si c'était pas elle, l'amnésique, dans l'histoire.

Je continue ? Je sais qu'on n'est pas là pour se faire plaisir, mais c'est histoire de vous distraire. Vous devez pas rigoler souvent dans votre métier. Moi, en revanche, je déconne tout le temps, obligé, sinon je chiale. Il y a sûrement quelque chose entre les deux, j'ai encore pas trouvé quoi. Serait-ce l'Atarax, 60 ml par jour, 3 prises maximum ?

Et celle-là vous la connaissez : coincer une savonnette entre les dents d'un type qui dort la bouche ouverte ? Génial. J'ai eu de la chance de pas l'avaler, d'ailleurs. La seule qui n'est pas bonne, c'est de réveiller Jean-Baptiste quand il est somnambule dans le couloir pour voir en combien de temps il réalise. Ça c'est nul. Il crie comme un putois après et il pourrait rester comme ça toute sa vie, d'après Conrad qui, lui non plus, ne se réjouit pas de devoir récupérer J.-B. endormi debout dans l'escalier, une nuit sur deux.

Contrairement à l'idée qu'on peut se faire de moi à ce stade, j'ai un copain. Il est établi, comme chaque soir, au niveau moins un de mon lit à étage. C'est personne. C'est mieux. C'est un loup.

Cinquante kilos, pas loin d'un mètre au garrot, des dents, des yeux, tout à fait effrayant quand on n'y connaît rien. Par exemple, personne ne sait que ça ne mange quasiment pas les gens, et c'est très bien comme ça. Je l'ai mis natif de Sibérie pour lui donner un passeport et du caractère, je l'ai baptisé Champion pour lui donner un avenir. J'ai adopté Champion l'année dernière par consentement mutuel, je ne m'en sortais plus tout seul, j'avais besoin de soutien. Je vais beaucoup mieux depuis. Quoi qu'en pense M. Vachelet.

Lorsque Conrad a ouvert la porte par surprise comme prévu, j'étais innocent. En pantoufles, le nez sur le bouquin de géographie, je récitais dans ma barbe les affluents du Rhône, tel le type apaisé qui ne chercherait plus à avoir une vie excitante. Il est tombé dans le panneau.

— Continue, Bréckard.

Il a refermé la porte, moi le bouquin, et je me suis détendu.

Non, Conrad n'a pas remarqué Champion. Champion est transparent et moi je ne suis pas un demeuré, retenez ça. Champion *n'existe pas*, alors il n'y a rien à voir et rien à dire. Ou alors si, que j'aurais pu prendre plus passe-partout, plus modeste, par exemple un chien. Mais ça rend con, un chien. On finit toujours par lui parler, par dire qu'il écoute, et puis ça termine quand même attaché sur une aire d'autoroute sans rien comprendre.

— Fabien, tu rejoins le rang ou je viens te chercher par le col ? s'énerve Conrad comme tous les matins à la sonnerie, quand c'est au tour de la cinquième B d'entrer en file indienne dans les abattoirs.

— Monsieur n'aime pas se mélanger ? Monsieur est trop bien pour ses camarades ? s'emballe Conrad qui a une grosse tendance à tout politiser.

Or, comme souvent, c'est pas moi, c'est Champion. Je vous fais là, docteur, la démonstration du principal usage de Champion, avant que vous ne tiriez des conclusions bêtement psychiatriques : il me précède, il m'éloigne de tout, il prend une place impossible entre moi et l'extérieur. Champion a besoin d'un espace vital de luxe, dans les dix mètres à la ronde, ce qui fait toujours dix mètres entre moi et les autres, ce qui fait que moi, mathématiquement, je passe pour le gars qui a besoin de ces dix mètres de sécurité vis-à-vis de la société. Et mathématiquement, je passe pour le type qui a peur des autres ou qui les emmerde. Ça n'a rien de mathématique, dans le fond, c'est juste pour dire que je n'y suis pour rien. Mais ça marche, les gens respectent. En dehors de Conrad, qu'aime bien qu'on marche en rang par deux, le doigt sur la couture du pantalon. Mais Conrad, on l'écouterait, on aurait des uniformes et il serait à cheval.

J'arrive en retard en S.V.T. et alors ? Ce n'est pas comme s'il y avait de quoi courir. De toute façon, l'équipe pédagogique a reçu consigne de ne pas me presser, fallait pas me le dire, maintenant j'abuse. Encore une faveur que l'établissement nous facture en supplément, j'imagine. Ce qui expliquerait que mes parents n'aient plus rien dans les poches pour m'équiper selon la mode en rigueur. D'où mon look de CE2.

Comprenez bien, je m'en tape, d'avoir des Dr Martens, un cartable qui ne soit pas orthopédique et un bomber. Aujourd'hui que j'ai deux mille ans et que je sais ce qui est beau, sincèrement, je ne regrette rien. Et ça vaut pour tout. Je ne regrette jamais rien, parce que c'est toujours pire avant, où que je regarde. J'ai un bol incroyable là-dessus. Je pourrais être un de ces gars comme j'en connais, des nostalgiques qui sont partis à l'aventure à cinquante bornes d'ici et qui rappliquent en train chaque week-end, chialer sur la tombe d'un hamster et dormir dans un pieu à barreaux, sous un poster de Téléphone. Ça me dépasse. Prenez l'aîné des Poliva, dans le genre. Une grande tige de vingt et un ans inscrite en droit et qui ne fera pas avocat. Eh bien, deux fois par mois, deux fois putain, il vient récupérer Arnaud, son cadet, en moto devant le collège. Il descend de sa bécane de vétéran, il fait son petit tour de vétéran, il distribue des clopes comme un inconscient qu'il est, et nous montre les endroits où il a embrassé des filles devenues moches depuis. Il prétend avoir son nom au couteau sur toutes les portes de toilettes, et c'est vrai que c'est couvert d'Antoine. Antoine je t'aime, Antoine tout court et Antoine enculé, ce serait lui aussi. Personnellement, je pense que les mecs qui s'appellent Antoine, c'est pas ce qui manque. Il nous dit des trucs comme « continuez la légende, les petits gars » vu qu'il se prend pour un Rolling Stone, cet âne, alors qu'il a juste fait de la garde à vue comme tout le monde. Moi à vingt et un ans, je serai loin. Je n'aurai aucun regret, aucune photo à trimballer et j'en remercie par avance les responsables.

J'en étais où ?

Oui, au seuil de la salle de classe, celle des paillasses et des becs Bunsen. J'attends à nouveau. Les vingt-sept autres n'ont pas fini de se répandre sur la surface disponible, c'est la foire d'empoigne, on ne peut pas encore circuler. J'entre tout de même, de force, poussé au derche par M. Gex, prononcer Gé, prof d'S.V.T. de carrière et je ne pense pas que c'était là son souhait le plus cher. Sinon il ne boirait pas comme ça.

— Fabien, ma patience a des limites !

que j'entends derrière moi, dans des senteurs de whisky à vous réveiller d'entre les morts. Je m'assieds alors à ma place, M. Gex à la sienne avec son thermos de compagnie, sa blouse blanche qu'il a de toute évidence dormi dedans, son classeur. Je pense que M. Gex vit seul, sinon quelqu'un la lui ferait enlever, la blouse, au moins pour se doucher. Il se sert un premier godet, annonce « chapitre trois, principe de l'arrêt respiratoire chez les poissons » avec la voix du désespoir. Comme si c'était pas des poissons, mais sa mère ou Daniel Balavoine.

Une pluie de boulettes de papier mâché nous sifflent aux oreilles. N'espérez aucune participation de ma part. Champion aussi s'en contrefout, Champion est en voie d'assimilation et c'est presque fini. Il se tient. Il évolue peinard dans la société comme s'il avait fait ça toute sa vie, et quand je vois le temps que ça m'a pris, à moi, ça me laisse songeur. Pour me faire sortir du fort intérieur, c'est encore un chemin de croix. C'est pas à vous que je vais l'apprendre.

— En respiration normale, l'eau rentre par la bouche, se lamente M. Gex, et ressort par les ouïes, à raison de cent soixante-dix litres par jour. De flotte uniquement.

— C'est quoi ce truc de fille qu'est dans ta trousse ? s'intéresse Nicolas, qui est mon binôme en S.V.T.

Juste parce qu'il en fallait un et parce qu'il était nouveau.

— C'est rien. Prends des notes qu'on saura pas faire l'expérience sinon.

En réalité, ce n'est pas exactement rien. C'est un collier que j'ai acheté à Champion, mercredi dernier, sur un coup de tête. Un cadeau hors de prix comme si j'avais vraiment quelqu'un. J'ai beau me savoir en bonne santé, des fois je me fais peur, sans déconner. Un modèle grand luxe que j'ai volé aux Nouvelles Galeries : du serpent reproduit à s'y méprendre, doublé velours à l'intérieur, avec une petite boucle dorée. J'ai dit à la vendeuse que c'était pour un très grand chien de race. C'est ce qui me paraissait le plus proche des faits sans éveiller les soupçons. La vendeuse a dit qu'en ce cas il me fallait un collier de promenade, avec un anneau plus résistant. Le contraire de celui que j'avais choisi, davantage conçu pour la fantaisie, les grandes occasions. Quel genre d'occasion ? j'ai demandé parce que je n'étais pas contre un brin de conversation, elle était jolie. La question lui a fait plaisir, elle m'a dit je ne sais pas, les fêtes, des sorties particulières, les chiens aiment ce qui est délicat vous savez, ils aiment eux aussi se distinguer. J'ai dit qu'on défendait les mêmes idées, elle et moi, et je me suis avachi sur le présentoir en levant les yeux vers elle comme un clébard, pour bénéficier de la comparaison. Je ne sais pas comment on séduit et j'aimerais bien apprendre. Elle a dit dites donc, jeune homme. En souriant beaucoup. Je ne dois pas trop mal m'y prendre.

Tenez, ça me rappelle notre rencontre, docteur. Je vous plaisais beaucoup aussi, ça crevait les yeux. Tout avait commencé entre nous avec une porte ouverte, une plaque dessus, Professeur Lydia Frain, Psychiatre, diplômée de l'Université de Paris. J'avais dit, Paris, la vache, vous êtes loin de chez vous, et que je connaissais une femme qui n'aurait pas gâché cette chance. C'est ainsi qu'on s'était retrouvés à parler de ma mère, alors que je n'y tenais pas plus que ça. On a fait un bout de chemin depuis. Au fait, je ne vous l'ai jamais proposé, mais vous pouvez me tutoyer. Avec ce qu'on s'est balancé dans la face.

Pour revenir à nos moutons, j'ai finalement demandé à voir le collier dans un autre coloris. Comme ça se fait pour les godasses. La vendeuse a dit qu'elle devait avoir un incarnat et un magenta pour témoigner d'une formation en arts plastiques et me plaire à son tour. Elle a disparu un instant derrière une étagère. J'ai attrapé le collier, j'ai couru sans me retourner vers la sortie. Je l'entendais dire mais, mais, mais, et ça m'a peiné. C'est la première fois que je quittais une femme et j'ai fait ça comme un cochon. Avec vous je vous promets que je mettrai les formes.

En attendant, je ne sais pas quoi en faire dudit collier. Ce n'est rien d'autre qu'un objet de conversation pénible et pour ça, j'ai jamais eu besoin d'accessoire.

— C'est un bijou, c'est ça ? insiste Nicolas, c'est pour ta meuf ? T'as pêché du thon, Bréckard ?

Il est lourd, lui. J'en ai mordu pour moins que ça à une époque.

— Fabien, supposons que vous êtes un maquereau. Comment respirez-vous sous l'eau ? m'interroge M. Gex en pure perte.

Je cherche alors quelque chose qui ne soit pas insolent et en même temps pas trop éloigné du sujet, et ça donne beuh, faute de temps. Et toute la classe reprend beuh avec la touche bovine qui la caractérise. Y compris les filles qui sont des veaux comme les autres, finalement. Sainte Mère de Dieu. J'espère qu'il n'y aura jamais personne pour donner des armes à ces individus.

M. Gex me considère, soupire, s'envoie une gorgée de café du thermos. Un café qui, de mémoire d'homme, n'a jamais fumé, qui sent la gnôle jusqu'ici, et qui provoque chez lui une sorte de sourire peu engageant.

— C'est pas trop chaud, monsieur ?

lance Poliva depuis le radiateur où il a ses quartiers populaires.

— Tu veux que je te l'envoie dans la figure pour voir ?

répond M. Gex qui a le café vulgaire et dont la patience a des limites, il ne s'en est pas caché.

Sinon, la réponse à la question, c'est que je prélève du dioxygène dans l'eau. Je l'ai appris la semaine d'après en retenue. Notez-le, comme ça si vous avez un enfant en cinquième, il pourra vous rentabiliser au moins sur un truc. Qu'est-ce que je faisais en retenue, vous allez me dire, comme si vous étiez mes parents ? Quoique non. S'il y a bien une question que mes parents ne se posent pas, c'est où je suis et qu'est-ce que j'y fais. M. Gex, une fois détendu, a proposé une phase de travaux pratiques parce que c'est seulement comme ça qu'il est tranquille. Une phase impliquant une tête de maquereau pour deux et des instruments pointus, je vous laisse imaginer la boucherie. Nicolas a commencé à touiller notre maquereau, et là Champion a très mal réagi. L'odeur. Il a pas pu. Champion est raffiné, évidemment, vu son pedigree. Il a commencé à grogner, à s'agiter, allait arriver le moment où il enverrait valser les meubles comme je l'ai vu faire dans la chambre de mes parents. Mais nous étions alors seuls et sans témoins, et j'avais pu ranger après. Je l'ai sorti manu militari avant qu'il ne dégénère, on est allés respirer dans la cour. J'ai fumé une clope, le temps qu'il pisse contre un marronnier. Ce qu'un loup naturel ne ferait pas, j'en suis parfaitement conscient. Soit dit pour prouver que je contrôle encore la situation, je ne suis pas passé de l'autre côté.

Même pas dix minutes avant que je sois appelé chez la principale pour donner une explication. Donner des explications est ici le sport national pour faire travailler l'imagination des jeunes, je ne me fais jamais prier car moi aussi je pense que c'est une situation d'avenir. Mais là j'ai rien trouvé de convaincant. La principale était crevée, elle m'a mis mon tarif habituel sans discuter. Quatre heures. C'est pas la première fois que je prends pour Champion, ce sera pas la dernière.

Bien. J'ai traîné la patte un maximum mais nous arrivons tout de même au vrai gros problème de la semaine, le vendredi soir. La dernière sonnerie du vendredi, celle de dix-huit heures, je l'entends avec l'estomac. Je pourrais me coucher par terre, me tenir aux meubles, je pourrais avoir l'appendicite avec complications, qu'on me laisse sur place en attendant les secours de la médecine. Mais c'est un coup qu'on ne peut faire qu'une fois et je l'ai déjà fait. Résultat, d'après Conrad, le jour où j'aurai une appendicite véridique, j'y passerai probablement dans l'indifférence générale. Comme s'il y avait un autre moyen d'y passer.

Le vendredi à dix-huit heures, il s'agit de rentrer chez mes parents. C'est réglementaire. Les pensionnats ne sont pas faits pour y vivre, ou alors comme orphelin, et ça ne m'est pas encore arrivé. Chez mes parents, ce n'est pas le monde extérieur, pas tout à fait. C'est pire. D'ailleurs je préfère parler d'autre chose, vu que c'est moi qui raconte. Disons qu'on serait déjà lundi, on verra mes parents la semaine prochaine, rien ne presse.

Je vois votre gueule d'ici. Vous êtes en train de mâchouiller les branches de vos lunettes. Quand vous êtes contrariée, en séance, vous mâchouillez vos lunettes et puisqu'on parle, je trouve ça assez dégueulasse. Prenez un chewing-gum, comme tout le monde.

La semaine suivante n'a pas très bien commencé, comme souvent. Le lundi il y avait piscine, accompagné des parents d'élèves volontaires, c'est-à-dire des gens qui s'emmerdent chez eux ou cette race de pervers qui vous pousse dans l'eau. Ça n'a pas raté, il y en a eu un pour me pousser gratuitement dans le grand bain. Vous mettre à la flotte est une idée fixe chez le parent accompagnant, soi-disant qu'on aurait beaucoup plus à y apprendre que la brasse. La confiance, l'assurance, des conneries de ce genre. Bien sûr. Sachant que ce sont les mêmes qui noient les chatons, qu'est-ce que vous en pensez, vous, comme spécialiste du comportement ? Le mardi, rien. Le mercredi, Big Moon rendait les copies d'histoire-géographie et il en avait après moi, comme souvent aussi. On est quasi trente dans la cinquième B. Eh bien il n'y a pas un cours où je ne l'énerve pas, pas un. Dieu sait que je n'y mets pas du mien, mais rien à faire, je l'obsède.

Big Moon est, avec le cheval d'arçon du gymnase, la plus vieille chose de l'établissement. Il remonterait au temps où les cours étaient uniquement donnés par des Frères et des Sœurs et aurait été le premier à représenter ici l'état civil. Big Moon aurait été baptisé Big Moon par les élèves des années soixante-dix. Des gens cultivés, pointus, qui devaient penser que Le Gros, c'était trop facile.

Big Moon tient ma copie entre le pouce et à l'index, loin de lui, à bout de bras, comme s'il s'agissait d'une merde, et s'écoute parler. On trouve dans ce torchon un exemple de tout ce qu'il ne faut pas faire, à la limite il faudrait m'en remercier, ça vaut presque la peine d'être archivé dans les annales de l'indigence et lu à titre d'épouvante, mais bien sûr il ne va pas le faire, ce n'est pas des choses qu'on subit deux fois. On va plutôt lire celle d'Étienne, tiens, comme toutes les semaines, pour changer. Le tout avec une voix de crécelle dont on avait surtout envie qu'elle s'arrête, mais il ne faut pas rêver. Le type est enseignant, c'est pour en profiter.

Big Moon doit avoir ses raisons pour me détester, qui n'en a pas. Mais j'aimerais bien qu'il en déteste d'autres dans la classe. C'est très lourd d'être tout ce qui compte pour quelqu'un. Il faut être en forme.

Il a fallu s'envoyer la copie d'Étienne avec des vues personnelles sur l'Europe des douze, très actuelles, se félicitait Big Moon, très actuelles. Alors que ce devait être les vues d'un *Figaro* de l'an dernier, comme d'habitude.

J'en viens au seul événement de la semaine qui vaut un peu le détour, jeudi soir autour de vingt-deux heures trente.

J'étais occupé à lire mon livre au-delà du couvre-feu, avec une torche électrique dont je pourrais d'ailleurs me passer. À force, je saurais lire *Les enchanteurs* les yeux fermés. C'est ce que j'ai vu de plus beau jusqu'ici, et ça fait déjà un bail que je vois des choses. C'est l'histoire d'une famille, les Zaga, moitié italienne, moitié inventée, enchanteurs de profession à la cour de Russie où ils fournissent des illusions contre rémunération. Farces, mystifications, vrais miracles, arnaques et guérisons en tout genre. Vous avez Fosco Zaga, le fils, qui apprend à faire illusion et à être un homme. Vous avez Giuseppe, l'enchanteur père, doué d'éternité, qui est le type qu'on aimerait rencontrer pour discuter mais pas forcément pour vivre avec. Vous avez Teresina, qui les rend fous tous les deux et qui ne se balade jamais sans ses écureuils, ce qui me fait penser qu'on aurait pu s'entendre. Il y a aussi un allumé qui est français et qui veut libérer le peuple paysan du jeu qui l'oppresse, mais qui échouera comme révolutionnaire et mourra bêtement d'un genre de rhume. Fosco Zaga est le seul type sur cette terre qui me prouve que je suis à peu près normal, ou du moins pas tout seul. Aussi je ne m'en sépare jamais. Je le lis tous les jours, au moins un coup le matin et un le soir, parfois cinq, et jusqu'à dix en cas de panique. Ce sont les Zaga, par exemple, qui m'ont donné l'idée de me faire accompagner par Champion, sans être taré pour autant. Je n'aurais pas osé sans permission, je suis plutôt raisonnable. Pour eux c'est complètement naturel, comme la magie, le carnaval, et autres ficelles pour améliorer sa qualité de vie, tenir debout. Je ne sais pas où j'en serais aujourd'hui, sans les enchanteurs.

Vous allez me dire que j'en suis à l'asile, précisément. C'est sans rapport.

Vers vingt-deux heures trente donc, Giuseppe et Fosco Zaga étaient à deux doigts de se faire sortir de la cour de Russie parce que la reine était constipée et qu'il fallait des coupables. Je n'avais pas trop d'émotion, je savais que ça terminerait bien, la reine finit toujours par chier. Et là, a retenti une sonnerie qui m'a rendu cardiaque au moins trois minutes. Pas dans le bouquin, dans la vie. Aussitôt après, hurlements bestiaux de Conrad, à l'incendie, au feu, à l'incendie qu'il s'égosille. Il en fait des caisses. Il ne veut pas qu'on devine trop vite que c'est un exercice d'évacuation, Conrad est un grand professionnel.

Portes qui claquent, re-sonnerie, tous les types giclant de leur pieu comme un seul homme, dans le couloir. Une occasion unique de découvrir les modèles de pyjamas. On est pas déçus. Des lapins, des fusées, des mickeys, à croire que les gens n'ont aucune fierté. Moi ça va, je dors en slip ou à poil, viril, rien à dire. Ordre de mettre nos manteaux, ordre de se rassembler dans la cour de l'établissement, ordre de rester calmes et d'attendre les instructions, mais comment voulez-vous y croire. Ils ne font jamais semblant de faire le 18. Personne ne songe à parler des pompiers, c'est cousu de fil blanc. Enchanteur, c'est un métier.

— Restez calmes, tout ira bien, tout ira bien ! braille Conrad parce qu'il est inculte. Il ne sait pas que l'histoire prouve toujours le contraire. Il nous demande de marcher derrière Hervé, je lui dis qu'Hervé ne s'est pas réveillé, cent balles qu'il s'est endormi avec son Walkman et AC/DC dedans.

— Eh bien, va me le secouer, ce gland ! s'époumone Conrad qui n'aime pas Hervé parce que Hervé n'aime pas son travail. Et Conrad ça le met hors de lui, la mauvaise volonté.

Je n'ai pas trouvé ce gland. Il n'était pas dans sa chambre à vingt-deux heures cinquante. Mais on n'allait pas retourner la baraque pour le trouver, après tout, il n'y avait pas le feu. On est donc descendus sans lui dans la cour, en courant, car s'y trouvaient déjà les filles. C'est le principal intérêt de l'exercice d'évacuation, les filles en chemises de nuit. Parfois, dans la mêlée, on aperçoit une fesse, un nichon.

Abrégeons. M. Vachelet, qui participait à l'exercice d'évacuation, de son côté ne trouvait pas Pauline. Alors qu'elle est censée se coucher tôt car cette année elle prépare son bac par la poste. Elle ne peut pas le préparer dans un lycée de la ville, il n'y en a que deux, et M. et Mme Vachelet ont une réputation à tenir. Lui il est diacre en plus d'être directeur, et elle, elle donne des leçons de bon goût à toutes les bonnes femmes de la paroisse. Vous voyez le niveau de responsabilité, c'est pas une famille à pouvoir se permettre une salope, a priori. Eh bien, les choses sont parfois mal faites. On a retrouvé Pauline et Hervé ensemble, au CDI, qui est le seul endroit dont Pauline ait la clé, au cas où elle aurait besoin de l'Encyclopédie Universalis qu'elle n'a pas chez elle. Quand je dis nous avons retrouvé, c'est vraiment nous. On était aux basques d'André Vachelet, qu'on peut appeler Dédé après ce qu'on vient de partager de son histoire personnelle. Quand il a ouvert la porte du CDI, il disait arrière ! arrière ! Ne me suivez pas ! car il se doutait, un père sent ces choses-là. Arrière, arrière, mes enfants ! comme on aurait dit sur un champ de bataille, plutôt Waterloo. Et donc Pauline et Hervé, qui a facile quinze ans de plus qu'elle, sur la moquette du coin lecture qui a été baptisé autrement depuis. Tous les mômes ont vu Pauline qui n'avait pas eu le temps de se rhabiller de partout, c'était Noël. Hervé à poil, on s'en foutait, mais il a été viré quand même.

Ça doit vous faire une belle jambe, tout ça, docteur ? Mais vous m'avez dit d'envoyer la sauce, tout ce qui me passe par la tête, pas de censure, pas de retenue. J'ai quinze ans et un casier judiciaire, alors j'imagine que vous vous attendiez pas à un compte rendu de l'Assemblée nationale. Quand même, je suis presque un peu gêné, rapport à l'intérêt documentaire de la chose, qui ne me paraît pas évident, évident. Enfin je ne vais pas m'excuser non plus. J'avais rien demandé.

Cela s'étant déroulé un jeudi soir, on retombe logiquement sur un vendredi, il va falloir y passer. Dix-huit heures. Je suis devant le collège avec mon sac de linge sale, mon cartable idiot et Champion qui commence à rétrécir de soumission. J'attends de voir arriver la voiture de ma mère en me racontant qu'elle a eu un accident de la route sans souffrir. Chez les Zaga, on vit dans nos têtes, pour plus de confort.

Je pourrais prendre le bus, techniquement oui, le 76, qui me passe d'ailleurs sous le nez toutes les dix minutes. Mais je n'ai pas le droit. À cause de l'arrêt qui est trop loin de la maison et à cause de ce que penseraient les gens en voyant un pauvre gosse traîner son sac de linge sur le trottoir. Je peux saluer tous les profs qui sortent, le personnel d'entretien, Ludivine, méconnaissable, transformée dès qu'elle sort de l'internat. Le vendredi soir, Ludivine met des fringues couvrantes, absolument pas pute, des trucs informes qu'on n'a jamais vus avant, elle essuie son maquillage de bagnole volée dans les toilettes, elle marche en regardant ses godasses. Et ça fonctionne du tonnerre de Dieu. Sa mère l'attend au portail, elle lui refile un pain aux raisins en disant embrasse maman, ma puce, t'as bien travaillé, t'as bien mangé. Ludivine dit oui, la daronne doit penser super, elle est encore vierge, elle fera des études.

Moi des filles j'en aurai pas, ou alors je leur ferai pas confiance.

Je vois défiler tous les darons sauf les miens. Ils ordonnent à leurs mômes de me souhaiter le bon week-end, sans se préoccuper de savoir si on est potes. Si ce n'est pas le cas, ils obéissent, bon week-end, Bréckard, et une fois qu'ils sont dans la voiture, ils me font un doigt. Je fais pareil. En général, le parent au volant me surprend et me fixe cinq secondes avec un air farouche. Parfois, mais ça reste rare, le parent descend de sa caisse, comme aujourd'hui. Une daronne assez classe, blonde, avec un manteau jusque par terre, comme des rideaux. Elle me demande ce qui me prend, tu sais ce que signifie ton geste, mon garçon, comment tu t'appelles, et tes parents, c'est quoi leur nom ? Elle espère que je regrette déjà et surtout que je ne fréquente pas son rejeton, ce serait dramatique. Elle essaie de s'énerver mais le cœur n'y est pas, car je ne suis qu'un enfant, après tout. Je réponds que je ne fréquente plus personne, et j'ai ma voix qui sort toute petite parce que je ne suis pas une très grande gueule, le vendredi soir. Elle est jolie, surtout des yeux.

Elle a une inquiétude dedans comme j'ai vu chez pas mal de daronnes de cet âge-là. Ou chez des biches quand on les surprenait dans le jardin, à bouffer le tronc du poirier. Celui qu'on a abattu cet été, parce qu'il touchait le toit.

La blonde me dit de ne pas dire des choses comme ça, allons, qu'on fréquente toujours quelqu'un. Elle me donne du pauvre chou.

— Tu connais Maxime ?

Le petit con à l'arrière de sa voiture.

— Vous vous entendez bien, je suis sûre ?

Maxime est un lieutenant de Poliva, autrement dit un simple excité sans autorité personnelle. Un peu dangereux quand même. Je lui dis que Maxime, c'est bien simple, c'est le mec le plus sympa de toute la cinquième B. Et sensible avec ça, généreux. Probable que c'est son truc au poumon qui l'humanise autant. J'ajoute qu'il a un don pour écouter. Comme ça, pourboire. Je donne même des exemples de la bonté de Maxime, pour le plaisir d'imaginer n'importe quoi. Tenez, le jour où Maxime s'est dénoncé à ma place pour une histoire de destruction du téléphone de l'internat. La daronne semble tomber des nues, mais sans plus. Deux secondes plus tard, ça lui paraît naturel que sa brute soit sensible et généreuse, ça me tue. Je trouve encore d'autres exemples, juste pour discuter, parce que j'aime bien comme elle me regarde. J'ai presque envie de monter dans la bagnole avec Maxime. Maxime qui descend la vitre et qui dit on y va ou merde ? J'ai pensé que la blonde allait lui mettre sa main dans la figure pour lui apprendre la correction, j'en étais déjà ravi comme un salaud que je suis.

— J'arrive, mon chéri !

qu'elle lui dit avec tout l'amour du monde. Et comme c'est un peu grâce à moi, ça me tue davantage.

Après, c'est toujours la même histoire. Le daron ou la daronne finit par me demander si on peut me déposer quelque part, si je veux un Chocorem ou une banane, avec le même air bête mais plus embarrassé, tandis que leur môme derrière la vitre continue à me faire des doigts. Je m'en fous. J'irai à Manhattan. Ils liront le journal.

Je peux attendre comme ça jusque dans les vingt heures, vingt heures trente, selon les priorités de ma mère, selon qu'elle s'est recouchée après dix-sept heures ou non. Enfin elle vient toujours, car c'est quand même ma mère. Il doit y avoir une sorte d'instinct. Je monte dans la voiture et j'ai plutôt intérêt à la fermer. Sur la banquette arrière, Champion fait désormais la taille d'un rat. J'ai envie de crever mais je ne m'inquiète plus, je sais que ça passe. On ne va pas loin, je suis un interne de proximité, mes parents vivent à moins de trois kilomètres, en bordure de la ville. Le trajet peut se passer pas trop mal, sauf si je la ramène, avec un comment ça va depuis dimanche ? Par exemple. Des fois ça m'échappe. Elle me demande alors si je me fous de sa gueule, à mon avis est-ce que ça va, je connais la situation, oui ou non ? Je connais mon père ? Donc, non, ça va pas. Et que ça aille encore plus mal ne tient qu'à moi, alors je ferais bien de me tenir à carreau.

Pour ce qui est de se tenir à carreau, je le fais mieux que n'importe qui. Je pourrais m'y fondre dans les carreaux, je sais littéralement disparaître pour qu'on m'oublie dans cette baraque. Bien sûr, ça ne marche pas à tous les coups, il arrive qu'on me trouve et qu'on me tombe dessus, en général ma mère. Mon père, c'est moins fréquent, il faudrait déjà qu'il soit là. Il travaille dans sa voiture, sur la route, et se défonce à vendre des camping-cars un peu partout pour nous faire une belle vie.

Ma mère ne peut pas me voir. Je dois lui rappeler quelqu'un qui n'est pas un bon souvenir. Mais en même temps, si je me cache, ça la rend folle, et il faut qu'elle me trouve pour me faire exécuter un truc que je ne sais pas faire correctement. Au hasard équeuter des haricots sans en gâcher la moitié, nettoyer une salade sans laisser les limaces. Je me rate à tous les coups, elle me rend nerveux. Bien sûr, elle déteste frapper au visage parce qu'elle est croyante et qu'on a tous le visage du Christ. Mais moi je dois avoir une tête à claques qui dépasse l'entendement, alors parfois, c'est plus fort qu'elle. Souvent disons. Je m'en fous. J'ai pas mal, j'irai à Manhattan, je serai dans le journal. En attendant, ce n'est pas des conditions pour faire ses devoirs et je pense que ça explique pas mal des choses qu'on me reproche sur mon bulletin. Ça me fait penser qu'il sera au courrier demain matin, mon bulletin. J'ai intérêt à être le premier devant la boîte aux lettres.

Le week-end, je ne fais pas grand-chose, à part voir Mamie, mais ça j'irai demain, faire ma lessive de l'internat, me faire engueuler, détaler, repasser ma housse de couette et tout ce qu'on veut bien me donner à repasser. J'adore le fer à repasser. Enfin le fer, pas exactement, je vais encore passer pour un barge. Je veux dire, j'adore l'endroit où il est, le bruit qu'il fait, son souffle de locomotive, la vapeur sur le linge qui caresse les joues, c'est un fer très amical. Il me manque, au Centre. J'aimerais bien en avoir un, par exemple un vieux Moulinex, si jamais vous voyez passez des offres, pensez à moi. Par la même occasion, vous pourriez me rapporter des clopes et le tome deux du *Comte de Monte-Cristo*, finalement je suis rentré dedans. J'aimerais bien savoir si Edmond Dantès va s'échapper de cabane. Ça me ferait vraiment plaisir qu'un de nous deux s'en sorte.

Le repassage, j'aime surtout que ce soit le seul truc que mes parents ne viennent pas m'interrompre, même aux chiottes on vous interrompt dans cette baraque, pour vous envoyer vider le lave-vaisselle ou le remplir. Mais pas à la buanderie. La buanderie est au sous-sol, il faut le vouloir pour y venir, ça sent le fioul à cause de la chaudière, et après tout sent le fioul, les fringues, les tifs. J'ai lu dans un magazine pour dames que l'odeur de l'enfance, c'était statistiquement la lessive, la confiture, et le pain. Moi, l'odeur de l'enfance c'est le fioul. Je ne suis pas un exemple.

Quoi d'autre. J'essaie de dresser un chat, je voudrais qu'il se mette debout. Je pourrais aussi bien pisser dans un violon, pour le résultat. Ce chat est venu un jour de son plein gré chez mes parents, ça, tout le monde peut se tromper. Le mystère, c'est qu'il n'est pas reparti. Il s'appelle Alfred, on le sait parce qu'il est arrivé avec une médaille de baptême, Alfred, été 1987. Probable qu'il était né dans ces eaux-là. La médaille prouve que quelqu'un tenait beaucoup à Alfred, mais que, de toute évidence, Alfred n'y tenait pas tellement. Il n'y avait pas réciprocité. Ça arrive très souvent, croyez-moi.

Ce vendredi soir, mon père est rentré bizarrement tôt. Il occupe ma mère avec une histoire de collaborateur payé à rien foutre qui va l'obliger à travailler toute la soirée sur un compte rendu de prospection. Et qu'elle n'aille pas croire, ma mère, que ça l'amuse, qu'elle se souvienne que ce sont ces heures sup qui nous font manger, et pas trop mal a priori. Sur quoi, ils commencent à s'engueuler pour leur compte, comme si j'étais transparent et à la troisième personne.

— Tu me parles autrement devant Fabien, merci.

— Comme si Fabien n'en avait pas entendu d'autres. Qu'est-ce qu'il fout là, d'ailleurs, celui-là, on l'a pas appelé à table, si ?

Non. Du coup, Fabien va s'avancer sur son repassage.

Quand je remonte, mon père parle de l'impôt foncier deux tons plus bas tout en mettant la table de son propre chef. Ma parole, c'est les vacances. Jusqu'à ce qu'il pète un verre par manque d'habitude et, pas de bol, le verre, c'était le « préféré » de ma mère qui ne rate jamais une occasion de se défouler quand elle tient un coupable. Ce n'est pas le verre qui compte, elle les pète elle-même par cinq dans ses grands jours. C'est le coupable. Ça marche aussi bien avec une tartine qui brûle dans le grille-pain, une trace de doigts sur les vitres qui viennent toujours d'être nettoyées, quelqu'un qui a fait quelque chose, quelqu'un qui l'a fait exprès parce que c'est quelqu'un qui s'en fout, et à la fin elle n'aura plus faim, elle ira se coucher, elle dira qu'on la tue. Au lieu de se fermer sa gueule et d'aller se chercher une balayette, mon père embraye.

— Ah, bien sûr, comme par hasard, ton préféré.

Dans dix minutes, elle est au pieu, sûr et certain. Je reviendrai dans dix minutes.

Trop tôt. Les morceaux de verre sont toujours là, et eux autour qui les prennent à témoin. Le père : ô ma chérie, nul ne sait, que toi, le drame que constitue ton existence, à croire que je n'en fais pas partie. La mère : faire des belles phrases, ça tu sais, vendeur de bagnoles. Le père : encore heureux. La mère : que quoi ? Le père : que j'en vende. Et ainsi de suite. En général, juste avant d'aller se coucher, ma mère parle de quitter définitivement ce bled, et mon père répète que les gens ne sont pas plus intéressants, ni l'herbe plus verte en région parisienne, en revanche les loyers, au secours. La mère : de toute façon, je m'en fous, aller à Paris, au cimetière ou dans l'espace. Le père : merci pour nous. La mère : je n'ai pas ta résistance. Le père : comment peux-tu.

C'est toujours la même discussion qu'ils recommencent. Sûrement qu'ils attendent que l'un des deux ait raison, à quel sujet, je m'en cogne. Ça devrait bien finir par arriver un jour. En attendant, qui c'est qui ramasse le verre, c'est moi.

Donc, le vendredi, mon père et moi dînons entre hommes, des pâtes avec ce qu'on trouve, souvent du thon. Notre vie est réglée comme du papier à musique. Je tiens à ce tête-à-tête, c'est le moment où je l'intéresse. Subitement, il veut tout savoir, comment ça s'est passé, la semaine, les cours. Je dis le train-train, que j'ai été ramassé par les flics parce que je me piquais avec des punks, sur le parking de l'Inter. Pour voir s'il m'écoute.

— Super, tiens débarrasse et fais une assiette pour ta mère.

CQFD.

Ma mère n'a pas voulu du plateau dans son lit. Elle m'a informé qu'elle ne mangerait plus, rapport aux économies que mon père voulait faire sur son dos, en plus du reste. Va lui dire Fabien, va, il sera content.

Je bouffe la commission.

Le samedi après-midi si je peux, je file. À deux cents mètres, vit la mère de ma mère, Mamie. Elle tricote, elle fume. À cinq cents mètres, vit la mère de mon père, Bonne Maman. À ma connaissance, elle fait surtout l'argenterie. Quand je suis claqué, je préfère Mamie. Chez elle, je peux dire des gros mots, en inventer, me taire, ça ne la dérange pas. C'est une personne qui voit toujours où je veux en venir. Elle rigole en permanence, pour rien, comme les gens qui savent à quoi ça ressemble quand il n'y a pas de quoi rire. Un repos. Toutefois, je ne vous souhaite pas qu'elle vous fasse un pull-over, déjà il va puer la Gitane et puis vous seriez obligé de le mettre. D'expérience, c'est quelque chose qui vous rajoute de l'exclusion sur celle que vous subissez éventuellement déjà. Cet après-midi, Mamie est sur un bonnet au point de blé pour mon cousin Paulin. Et c'est bien fait pour sa gueule, à ce crâneur.

Je m'installe dans le fauteuil de Papi qui est désormais le mien, et je commence à poser des questions. En général sur la guerre, en particulier sur l'occupation, un thème qui nous passionne tous les deux. Elle raconte surtout l'occupation qu'elle a vue dans les films à la télévision, elle confond avec sa vie qui devait être trop chiante pour qu'elle s'en rappelle. C'est pas grave, on s'y croirait quand même. Les histoires de Mamie sont remplies d'Américains vainqueurs, bourrés de paires de collants et de chewing-gums, dont le seul but en France était de faire des cadeaux aux jeunes Françaises, de les serrer fort en disant *There, There*, car c'était fini et tout irait bien. J'apprécie surtout le moment où elle en épouse un, de héros américain. Je trouve ça flatteur pour mon Papi qui ressemblait à un héros américain comme vous et moi et qui était employé des Eaux et Forêts. À la fin, elle raconte les chars sur les Champs-Élysées, comment elle a sauté dans les bras d'un G.I. qu'était bel homme, alors qu'en vrai elle n'a jamais mis les pieds à Paris. Mamie fait un enchanteur très correct.

Après on joue à se souvenir des dates d'anniversaire de tous les cousins. On s'en fout, on leur téléphone pas. C'est juste pour simuler la mémoire, Mamie y tient beaucoup. Mamie vit depuis quelques années dans l'angoisse d'oublier, car elle a vu des gens de son âge n'être plus rien qu'un tas d'os et penser qu'ils étaient jeunes à la Libération. Mamie, elle, a peur de se retrouver coincée en 1986, l'année de la sécheresse. Ou en 89, l'année après la mort de Papi qui est parti en 88. Elle ne se rendait pas compte en 88, c'est en 89 qu'elle a morflé. Mamie a différentes méthodes contre l'oubli, qui ne se valent pas toutes. La première est une corde à linge tendue dans sa chambre et dessus, une ribambelle de papiers accrochés avec des pinces, comme des chaussettes. Ce sont des choses qui lui sont passées par la tête et qu'elle a rattrapées en vol, « Maurice achète notre premier frigidaire, une marque américaine », « Joëlle à la maternité, chante *Ti amo* à l'oreille de son bébé ». Joëlle, c'est ma mère, *Ti amo* c'est Umberto Tozzi, le bébé c'était moi. Nos rapports ont beaucoup évolué depuis.

Pour faire mourir Mamie, c'est simple, il faudrait décrocher tous les papiers. Le crime parfait. Un jour, un papier est parti avec un courant d'air, un drame. J'ai cru que Mamie allait me claquer dans les doigts. J'ai cherché partout, j'ai retrouvé dans la rue « truite, pommes rissolées, tarte au sucre, vin d'Alsace », le menu de son mariage en 39. Ils n'ont pas dû s'étouffer avec ça.

Mais si Mamie a vraiment oublié quelque chose, il y a les grands moyens, en la personne de saint Antoine de Padoue, patron des objets perdus et des choses oubliées. C'est une sorte de saint truffier qui retrouve tout, vous le priez le temps qu'il faut, et un beau matin ça revient. Alors bien sûr c'est un service qui a un coût, comme tout ce qui marche : c'est un franc. En tout cas, Mamie donne un franc à saint Antoine quand elle veut que quelque chose lui revienne, mais c'est peut-être plus ou moins, selon ses moyens, on doit pouvoir s'arranger. Dix francs par souvenir, Mamie ne pourrait pas se le permettre, vu la fréquence. Chaque fois qu'elle demande un truc, elle met un franc dans un gant de toilette, caché dans le placard de l'entrée. Quand le gant est plein, elle envoie l'argent sous forme de chèque à la congrégation de Saint-Antoine à Padoue et voilà comment elle a encore toute sa tête. Je ne dois pas en parler à ma mère parce que Mamie est censée avoir stoppé la dépense, elle a juré avoir jeté le gant de toilette. Elle l'a juste changé de place. Elle n'a aucune raison d'arrêter une médecine qui a fait ses preuves. C'est comme quand le docteur Chabre a voulu lui supprimer les Gitanes, alors que c'est la seule chose qui lui fait passer la migraine, et à moi aussi. Elle a juré mais elle continue, elle m'envoie simplement acheter ses cigarettes dans un tabac où elle n'est pas connue. Elle n'allait pas s'empoisonner à l'aspirine pour faire plaisir à un gamin. Le gamin, c'est le docteur Chabre, vu qu'il était en classe avec ma mère, les autres l'appelaient Lardon parce que ses parents étaient bouchers. Alors il peut faire toutes les facs de médecine qu'il veut, le type. Quand il donne une ordonnance à Mamie en tant que Lardon, elle n'y croit pas.

En fin d'après-midi, toujours, ma mère téléphone pour dire qu'il fait nuit et que j'ai sûrement des devoirs. Mamie affirme alors qu'ils sont faits et vérifiés. Elle ment sur à peu près tout. L'avantage du grand âge, c'est qu'on a enfin compris ce que les gens veulent entendre. Alors on le dit, et circulez.

Avant de repartir, Mamie me donne du pognon. C'est un secret, Fabien, tu ne le dis pas, c'est mes sous, je fais des folies si je veux. Tu m'étonnes. C'est mon père qui fait ses comptes et apparemment elle fait souvent la folle.

Ensuite dimanche, qu'on en finisse. Ce dimanche-là, on a acheté un paris-brest, je lui ai fourré une fève dans la crème, un jésus en céramique, ni vu ni connu. Je ne l'ai pas eue en janvier, le destin a parfois des absences et la fève ne va pas toujours à l'innocent comme prévu. Ça me révolte.

C'est mon père qui l'a eue, la fève, pour la deuxième fois cette année, mais il l'a très mal pris, surtout qu'il s'est pété une couronne dentaire dessus. évidemment, quand on ne s'y attend pas.

— Qui est-ce qui m'a foutu une fève dans une pâte à chou ? Les gens sont si cons ?

Ma mère a d'abord soupçonné la boulangerie qui en a fait d'autres. Puis m'a soupçonné moi quand j'ai défendu la boulangère, obligé, c'est une femme. Mon père a été d'accord avec elle pour décider que c'était un truc de salopard qui gâchait tout. Il gâche tout, ce petit salopard, on en a déjà pas souvent, des paris-brest, il doit trouver ça drôle, il veut nous les donner, peut-être, les deux cents francs de la couronne ? La baffe tombe. Encore une qu'il a pas volée, et fais pas semblant de pleurer que je t'en remets une, comédien, va.

Il me l'a mise, la deuxième. Mais plus tard. Pour avoir bouffé la moitié du paris-brest qui était retourné dans la cuisine. Le paris-brest, je ne cours pas après, en fin de compte c'est gras, mais j'avais dans l'idée d'être malade jusqu'à ce soir, que ça me serve de leçon et qu'on me foute la paix. C'est un truc qui marche assez bien. Jusqu'au moment où on décide que vous n'êtes plus malade et qu'il faut arrêter vos singeries et tiens, il est cinq heures, viens regarder le commandant Cousteau avec ton père, que t'aies vu deux, trois belles choses dans le week-end. Comment ça, non ? Il apprécie rien, ce petit sauvage, tu m'en trouveras un bleu pareil, ailleurs qu'à la télé. C'est ça, tire-toi, tu risquerais d'apprendre quelque chose, où tu vas encore ?

Au sous-sol, sniffer du fioul.

Mon père décide de me ramener en avance à l'internat. Puisque tu t'en fous du commandant Cousteau, puisque tu t'ennuies chez tes parents eh bien rentre t'amuser dans ta turne et continue à nous faire de la peine.

Sur le trajet, on fait du quatre-vingt-dix en agglomération, un jour, vous verrez, on écrasera quelqu'un. On écoute RFM, quand on aura vingt ans en l'an 2001, une chanson qui me concerne directement. Et puis l'Amérique, l'Amérique, je veux l'avoir et je l'aurai, qui m'est personnellement adressée aussi. Ça me remet la rage et la patience. D'équerre, quoi.

J'arrive beaucoup trop tôt avant l'ouverture

du dortoir. S'il y a un type qui n'est jamais au bon moment au bon endroit, c'est moi. Le dimanche soir, c'est dix-neuf heures, et avant dix-neuf heures, Conrad n'ouvre pas. Même s'il est déjà dans les murs, inutile de sonner, Conrad à une vie et n'est pas à notre service. J'ai fini par le savoir, deux ans qu'il me le répète dans l'interphone, tous les dimanches soir. Maintenant, je ne sonne plus et j'attends dix-neuf heures, en me congelant le derrière, sur les marches du perron. Je suis tout seul parce que les autres familles profitent de leurs internes, et sont plutôt du genre à les rapporter en retard. J'ai un bon quart d'heure devant moi, il fait froid, j'ai pas mes gants. Mais au Sahel, il y a des gosses qui meurent de faim.

Je me grille une clope au côté de Notre-Dame esquintée. À la place de la carafe, l'Enfant a désormais un cendrier, plein. La Nature ne fait qu'ajouter et soustraire, c'est vrai. Avec cette allure, la statue fout les jetons aux sixièmes et sera donc bientôt remplacée par un modèle plus républicain, plus sobre. Un sculpteur départemental, connu dans le coin pour une fontaine sur un rond-point, serait déjà à pied d'œuvre. C'est chiant ce que je raconte, c'est normal : je l'ai lu dans le bulletin de liaison du collège. Sorte de feuille de chou tissée d'informations sans importance à propos de qui est mort, qui est né, qui part en retraite et que personne ne lit. Sauf moi.

En cherchant des clopes dans mon cartable, je trouve mon carnet de notes. Moins une. Un peu plus et j'oubliais de le signer pour demain matin.

Voyons voir. J'apprends ce que je savais déjà, les délégués de classe ne sachant pas fermer leur gueule : j'ai les avertissements du conseil de classe. J'ai bien fait de ne pas le montrer à mon père, il le prend pour lui. En « commentaire général », ça dit élève récalcitrant, difficile, concentration aléatoire ou inexistante. Ma mère, elle aurait été contente, elle aime bien qu'on soit d'accord avec elle. C'est même la seule passion que je lui connaisse. Si on veut entrer dans le détail, Big Moon en fait des tonnes à propos de ma moyenne qui lui rappelle Trafalgar, des fois qu'on ait pas compris qu'il était prof d'histoire. M. Gex a mis un trait rouge en diagonale dans la case où il est censé mettre une opinion, et des points d'interrogation là où on met les notes. Ça signifie qu'il se pose des questions à mon sujet et que je suis un mystère de la nature, tout biologiste qu'il est. Mlle Weiss a écrit « un vocabulaire époustouflant mais un problème persistant avec la structure grammaticale ». Bobonne a mis a peu près la même chose en français mais je ne sais pas laquelle a manqué d'imagination. Bobonne suggère également de me faire participer au Concours régional de la Nouvelle, ou même de Poésie. Mais moi j'ai pas envie. Dans la région, c'est surtout les vaches à lait et les fromages qui font des concours. On moissonne d'ailleurs pas mal de médailles avec la Holstein et le brie de Meaux. Je dirai à mon père de vous en apporter un, tiens, la prochaine fois, Lydia. Vous avez pas une tête à bien connaître le brie de Meaux.

En sport, j'ai « méditerranéen », ce qui est un préjugé de la pire espèce ou je ne m'y connais pas. Dans Initiation allemand, on me conseille de faire plutôt espagnol LV2, et pour le coup, nous sommes d'accord. Il se peut qu'une fois à New York je pousse jusqu'en Amérique latine, ce sera alors l'affaire de trois mille bornes. Là-bas c'est rien, là-bas voir loin, c'est normal. Je brille en éducation religieuse mais je soupçonne sœur Marie-Aude de ne saquer personne par conviction personnelle, je brille en techno où j'ai copié sur Maxime la définition de circuit intégré qu'il avait marquée sur son bras. Lui il s'est fait prendre, car en plus d'être un con, c'était ce jour-là un con à manches courtes. Dans la foulée, je signe mon carnet de correspondance. À la page « demande de rendez-vous », je précise, enfin mon père précise mais il ne le saura pas, que non, ce jour-là, personne ne peut venir parler de ce problème d'absentéisme et de comportement. Une autre fois peut-être.

— Allez, rentre, surgit Conrad, que tu vas attraper la mort.

Il m'a vu par la fenêtre et il est descendu, le brave type. Je lui demande s'il veut une clope.

— Parce que t'as des clopes toi ?
— Pas du tout. C'était pour savoir.

Je le vois fixer, de l'autre côté de la rue, le café qui s'appelle Chez Jean-Claude. Rapport au propriétaire.

— Mais je peux vous offrir une bière si vous voulez. Je suis en fonds.

— Non, décide Conrad sans réfléchir. Tu rentres où tu prends racine ?

Tu crois qu'il aurait remercié pour le geste.

— Et après on dira que c'est toi qui as été élevé dans la forêt.

Oh, putain. Je viens rien de moins que d'adresser la parole à Champion en public. Le plus court chemin pour se faire boucler à Sainte-Anne sur un malentendu.

— Pardon, quelle forêt ? s'étonne Conrad.

— Pardon, quelle forêt ? je répète pour noyer le poisson.

— Tu m'as dit quoi ?

— Tu m'as dis quoi ?

— OK, je vois, très spirituel, commence à piger Conrad.

— OK, je vois, très spirituel.

Et ainsi de suite jusqu'à tu veux que je te foute en retenue, et j'ai dit non car toutes les bonnes choses ont une fin.

À propos de fin, vous voulez pas qu'on arrête ? Ça m'embête de vous prendre du temps, avec toute la misère qu'il y a dans le monde et dans cet établissement. Quand je vois les cas qui crèchent au Centre, des qui mangent pas, des qui dorment pas, des qui mangent leurs cheveux, des qui se prennent pour les autres, des qui sont deux dans leur tête, je me dis que vous n'avez pas vraiment le temps de lire, au fond. De toute façon, je n'ai pas l'impression qu'écrire ça me fasse plus de bien que le Thémergil, le machin en ampoules qu'est censé rendre aimable. Pour le moment, j'ai juste mal au poignet, alors que c'était un des rares endroits qui allait très bien avant, bravo. Je suis conscient qu'on vous paie pour m'écouter, je ne veux pas vous retirer le pain de la bouche, mais regardons les choses en face : on perd notre temps, vous et moi, madame. Je ne sais plus quoi vous raconter. J'ai l'impression qu'au lieu de me pousser vers la sortie vous voulez juste me pousser dans un trou. J'en ai plein le cul.

Vous m'avez dit de ne pas surveiller mon langage, que ça faisait partie de l'exercice, les cochoncetés. Alors je vous en donne pour votre fric, vous étonnez pas. Sinon je dirais ras le bol, ras la casquette, plein le dos, je dirais je suis las, moulu, rompu, vanné, flapi. J'en connais plein des mots, je fais que ça, en apprendre pour pouvoir m'expliquer le jour venu, mais putain, personne n'a envie de comprendre. Sadiques.

DEUXIÈME CAHIER

Puisque le premier cahier vous a plu, puisqu'on tiendrait le bon bout, je veux bien en commencer un autre, mais je ne promets rien. Et c'est faux que je tourne autour du sujet pour l'éviter. Je décris l'environnement de mon mieux, sinon vous n'allez encore rien comprendre, déjà qu'on galère. J'essaie simplement d'être précis. Moi, c'est pour vous, je m'en fous. Je sais déjà tout ça. J'y étais.

Nous sommes toujours quelque part en février, mettons le 24, premier jour de la préparation à la profession de foi qui est un mot que je n'écris jamais de la même façon. Foi, Foie, Fois, c'est un bordel. Comme Voix et Voie. Choix et Joie aussi, j'ai des difficultés pour les reconnaître du premier coup. Vous me dites qu'on est des milliers avec ce problème qui n'est pas considéré comme un handicap, tant qu'on demeure éligible pour nos semblables et ça reste à prouver dans mon cas. Vous me dites de ne pas me corriger pour l'instant, vous comptez sur mes lapsus. Comptez pas trop dessus quand même, parce que je me relis, et je vais pas laisser passer des fautes de CE1, juste pour vous mâcher le travail. On a son camp à soi, merde.

À Notre-Dame-de-la-Convention, on vous prépare à la profession de foi donc, parmi toutes les bonnes choses qu'on fait pour vous, vous éduquer, vous informer, vous punir. Et tout ça ne coûte pas forcément la peau des fesses, figurez-vous. Vous pouvez tout à fait inscrire un môme avec des petits moyens, et simplement les riches paieront plus cher pour compenser. J'ai entendu Poliva expliquer ça à un morveux qui se prétendait son égal et il était mal tombé : Poliva connaissait son père, qui avait été ouvrier au service du sien jusqu'à ce qu'un accident regrettable à la main ne mette fin à leur collaboration. C'est d'ailleurs pour ça que M. Poliva avait poussé le dossier. La main du père du gosse, c'était dans la lameuse de son usine qu'elle était restée, enfin on s'en fout, c'est trop triste. Le morveux se défend bien, cela dit. Il est premier de la cinquième A, la classe de ceux qui ont choisi Allemand LV1 de leur plein gré. Les cerveaux. Ceux qui feront du latin l'an prochain et les filières scientifiques. C'est un ensemble, c'est obligatoire. Il vaut mieux le savoir quand on décide de faire allemand première langue, après c'est l'engrenage jusqu'en terminale, pas une minute pour souffler, jusqu'en dernière année de médecine. Heureusement, j'ai un cousin qui m'avait averti du risque, celui qui a réussi juste après le collège. Il est sur un bateau, maintenant. Il fait la cuisine, le tour du monde, et personne l'emmerde.

Oui je prends dix pages pour parler de trucs tout à fait secondaires, en l'espèce le contenu de la brochure de l'établissement, que vous pourriez consulter vous-même à l'accueil du collège. Mais vous m'avez dit Fabien des précisions, des images, des détails. Alors parfois les détails, je les prends où je les trouve.

Sur la brochure de l'établissement, que vous pourriez vous procurer vous-même donc, on dit que l'équipe pédagogique est triée sur le volet pour ses qualités morales. Une équipe avec des qualités morales ne peut effectivement pas se séparer de ses alcooliques, ici représentés par M. Gex. Ça s'appellerait de l'exclusion. C'est également écrit qu'en plus du programme obligé on est entraînés, dans cet établissement, à des trucs pour toute la vie. Le sens d'autrui, la solidarité, le partage et bien sûr, si l'on veut aller plus loin, la foi. Notez qu'on n'est pas forcés de l'avoir pour s'inscrire. Enfin le papier des brochures, ça se laisse écrire, parce que moi tous ces trucs fantastiques, j'en ai pas encore vu un sur qui ça ait vraiment pris. Sauf Grégory, peut-être. Mais il était déjà religieux en arrivant. C'est aussi écrit, en très petit, que croyant ou pas, on est sous la protection de Notre-Dame de la Convention qui n'est pas regardante. Eh bien pareil, c'est très exagéré cette histoire de protection. On ne m'a jamais autant cherché qu'ici.

Où en étais-je ? À force de vous donner des détails, c'est un vrai foutoir, je perds le fil. Vous voyez, elles valent rien vos méthodes.

C'est pas grave, restons sur Grégory, le temps que ça me revienne. Même si ce n'est pas mon sujet favori, pour être honnête. Grégory est le plus grand moulin à paroles de tous les temps, et on prie pour qu'il reste à l'état d'externe qui est le sien. Ce type, dans un habitat collectif, ce serait une plaie d'Égypte. Grégory connaît les Évangiles à vous faire peur, particulièrement les paraboles. Je le soupçonnerais même d'en inventer, des paraboles, quand ça l'arrange, parce que ça ressemble de très près à des fables de La Fontaine. Exemple, quand il n'a pas ses affaires, c'est-à-dire environ tous les jours, il vous demande les vôtres avec une parabole qui dit que vous êtes un chien si vous ne le faites pas et crèverez comme tel la bave aux lèvres, saint Luc ou saint Jean c'est selon. Le problème, c'est qu'il est assez convaincant. On se retrouve toujours à lui lâcher un truc, de la bouffe, du Blanco, parfois des sous. Même Poliva se fait avoir. En même temps, Poliva est un gosse de riche qui a de tout en trop, donc ce n'est pas vraiment partager, et Grégory le lui fait bien sentir, quand Poliva lui demande de rendre des affaires. Parce que en plus, Grégory ne rend pas. Ou alors sales, comme mon short de sport la semaine dernière, et là aussi il vous sert une parole du Christ pour vous expliquer qu'il ne faut pas être dégoûté de la transpiration des autres. Grégory prépare sa profession de foi comme un dératé, en dehors des heures consacrées, à savoir une heure et demie par semaine pour les volontaires. La préparation de profession de foi, dite également P.P.F., est encadrée par sœur Marie-Aude à propos de qui je vous donnerais bien des détails mais je n'en ai pas. La P.P.F, c'est un peu pour Grégory ce qu'est l'anglais pour moi. Son heure. C'est là qu'il se signale par sa connaissance des Saines Écritures alors que le reste du temps, il se signale surtout par ses bavardages.

Voilà, ce dont je parlais au départ, c'est ça. La profession de foi. C'est revenu de soi-même en barbouillant, c'est fou comme j'ai la tête bien faite.

Jusqu'ici, le lundi après-midi, c'était du catéchisme ordinaire, sans but lucratif. Aujourd'hui, lundi 24 février, on commence à étudier le sens profond de la profession de foi. Au-delà des billets de dix mille francs, des roudoudous et des bicyclettes, précise ma sœur qui croit que tout ça, ça existe encore dehors.

— La profession de foi, c'est d'abord entrer dans l'Église, annonce sœur Marie-Aude, et l'Église, c'est d'abord un bâtiment.

Et pendant quarante-cinq minutes, elle essaie de s'imposer, ce qui n'est absolument pas dans ses cordes. Elle demande qu'on écrive la définition de l'abside, de la nef, du transept, et en face on fait des sarbacanes avec des cartouches d'encre, on tache les murs, on regarde l'heure. On ne se comprend pas.

Comme vous et moi. Vous me dites Fabien,

pourquoi avez-vous tant besoin que les adultes vous collent et vous baffent ? Et moi, je me cure le nez, en me disant que votre récital de conneries aura une fin.

Maxime et Poliva parlent très fort du pognon qu'ils vont recevoir à leur communion, au moins un Pascal, peut-être deux, que c'est le Diable qui doit se réjouir d'entendre des choses pareilles. Je cite ici les propos de sœur Marie-Aude qui à force d'habiter à Notre-Dame manque des principaux renseignements sur la vie. Elle s'imagine que le Diable n'a pas de motifs plus sérieux de se réjouir. Elle est marrante.

— Marchands du Temple, en rajoute Grégory, révolté.

Sœur Marie-Aude tient encore vingt minutes à parler dans le désert, avec les gestes enthousiastes des gens qui croient ce qu'ils disent. Et puis elle s'éteint. D'un coup. Elle devance la sonnerie d'un « ouste, mauvaise troupe », chaque enseignant ayant sa manière de nous congédier. Celle de M. Gex est de loin la moins française avec « foutez-moi le camp, tas d'huîtres ». Lesquelles vivent davantage en bancs.

— Ouste, je ne veux plus vous voir j'ai dit, voyous ! Fabien, tu dors ?
— Fabien, on se réveille !
— Oui c'est moi, quoi ?
— Ouste, c'est fini.

Je regarde mes notes. Transept : transversale coupant à angle droit l'axe principal, ou nef. Eh bien, merci. Ça nous change.

En rentrant ce soir-là, je trouve Étienne installé sur le pieu de Champion avec armes et bagages, un sourire pas franc de marchand d'encyclopédies sur la face. J'entame le dialogue avant que Champion ne prenne les devants avec les moyens d'expression qui sont les siens.

— C'est la révolution ?
— C'est ça, qu'il me dit, finie la vie de château, vive l'AN I.

J'aime assez les lettrés, c'est toujours un peu mystérieux quand ils vous parlent. J'aime bien, mais faut pas qu'on me les impose. J'invite Étienne à dégager au pas de charge, si j'ai envie de conversations distinguées je le sonnerai, promis. Et poliment mais fermement, je lui montre la porte. Au moment même où Conrad l'ouvre sans frapper.

Conrad reste planté sur le seuil. Il ne rentre jamais en entier, par crainte des malentendus et des apparences. Dans la profession des pions, les malentendus et les apparences, ça ne pardonne pas. C'est direct le tribunal.

Conrad annonce qu'il est épuisé avec la responsabilité des deux étages et qu'il ne faut pas le chercher. Je crains le pire et comme d'habitude, j'ai raison. Un, Étienne n'est pas en visite, il va dormir là cette nuit. Deux, les nuits suivantes aussi. Il emménage pour faire court. Un différend avec ses deux colocataires.

— C'est pas mes oignons.

Un différend à la suite duquel, poursuit

Conrad en montrant toujours plus de signes d'épuisement, les deux colocataires ont voté la sortie d'Étienne.

Je le fais répéter.

Les deux branleurs de sixième, respectivement onze et quatorze ans, un redoublant récidiviste flanqué d'une lavette si notoire qu'on l'appelle comme ça, ont voté la sortie d'Étienne ? Voté ?

Voilà.

— C'est pas la rue qui gouverne !

Que je gueule. Très à propos. Que ça aurait fait plaisir à Big Moon. Champion grogne, il n'aime pas non plus le désordre social quand ça nous atteint dans le fort intérieur. Heureusement que je le tiens.

— Il faudra me passer sur le corps !

Conrad me demande d'arrêter de dire des cochonneries, je lui demande de me comprendre.

— C'est le même prix, Bréckard — son expression favorite quand il n'a pas de solutions — c'est ta chambre la plus grande.

Je dis que ça va vite s'arranger alors. C'est le fait que je sois seul dedans qui donne cette impression, en réalité la piaule est minuscule. Conrad décide qu'on n'y passera pas la nuit, son expression quand il n'a pas d'arguments. Si je ne parviens pas à m'entendre avec mon nouveau coreligionnaire, qu'il balance pour essayer un mot, la prochaine étape, c'est dormir dans le couloir. Vu que j'aime l'espace. Bonsoir.

Non, pas bonsoir. Je ne dis pas qu'Étienne

est dangereux, je rappelle juste qu'il diffuse des journaux la nuit et que moi je suis officiellement imprévisible. Je pourrais même ajouter que je suis équipé d'un loup, mais ça me retomberait sur la gueule. Je poursuis Conrad dans le couloir afin de lui exposer calmement mon point de vue sur cette histoire de trois par chambre. Je l'avais toujours dit que ce n'était pas naturel, trois. Trois, ça fait deux contre un seul, il ne faut pas avoir fait Polytechnique pour comprendre ça, si ? C'est vache parce que Conrad n'a que le bac. Il me ferme la porte au nez.

Avant, avant que les parents ne s'en mêlent, les chambres étaient bien plus grandes, des auberges. On y casait minimum quatre internes à plat sur lits simples, et jusqu'à huit en étages. Et chaque piaule avait son chef de chambrée pour tenir tout ça. Je ne dis pas que c'était une sinécure pour les surveillants : les chefs de chambrée créent une concurrence déloyale qui est rarement à l'avantage du pion, et le pion se retrouve souvent subalterne du chef de chambrée alors qu'il pourrait être son père. C'est dur, oui, mais c'était là un moindre mal. Depuis la rentrée, les chambres ont été divisées, pour en faire davantage, des parents craignant que le côté dortoir nuise à la concentration des « études », très drôle. Résultat, cette année tout le monde est à deux ou à trois et personne n'est content. Trois, c'est l'exclusion systématique, on en a une nouvelle preuve, et deux ce n'est pas mieux : ils font exprès de se mettre sur la gueule, tellement ils ont peur de passer pour des tantes. Je me trompe ?

Au travers de la porte, Conrad m'ordonne d'aller plutôt aider mon prochain à s'installer et de cesser d'ameuter tout le bâtiment, en braillant tout seul comme un cinglé. Il y a sûrement des internes qui essaient de travailler.

— Exactement, dit Maxime, passant dans le couloir avec une bière dans un sac en papier.

Je pourrais profiter du débat, Lydia, pour vous suggérer, à vous aussi, quelques réaménagements dans les cellules du Centre. Mais c'est pas comme si j'allais y moisir. Dans trois semaines je serai loin et j'aurai oublié jusqu'à la couleur des murs.

Étienne tient à dire qu'il est désolé. Merci, Étienne, pour ce que ça me fout. À l'entendre, il a bien essayé de m'épargner sa présence, si ça n'avait tenu qu'à lui, il serait resté dans sa piaule d'origine, en dépit du résultat des urnes. Ça ne l'empêche pas de dormir de savoir que le reste de la chambre le hait, il a eu huit ans de scolarité primaire pour se faire à cette idée. Mais un coup de fil des parents de Lavette avait emporté la décision de Conrad. Ils craignaient pour la sensibilité de Lavette, à cause des horreurs que raconte Étienne. La guerre du Golfe, la monnaie unique, Francis le Belge. Et apparemment la sensibilité, principal handicap de Lavette, les parents de Lavette, certainement gratinés eux-mêmes, veulent la préserver.

— La reproduction, théorise Étienne, qui peut pas s'empêcher.

Il cherche mon approbation je vois bien, parce que être d'accord sur les faits, c'est le premier épisode du pardon. Mais je ne suis pas d'humeur.

De parler de tout ça, ça lance Étienne sur son édition du soir composée d'un unique et insupportablement long reportage sur Helmut Kohl. J'ai compris les mecs de sa piaule d'avant. Je fais quand même de la place dans l'armoire, histoire de montrer l'exemple. Sans consigne claire, je crains qu'un certain mammifère, suivez mon regard, ne traite Étienne en parasite. Et que ça finisse avec du sang sur les murs.

Après avoir quitté l'antenne, Étienne range ses affaires, assez curieusement, par jour et par prévision météorologique. Les vêtements du mardi avec les livres pour le mardi, les vêtements pour mercredi, pareil, les vêtements du jeudi avec les affaires de sport et le manuel d'S.V.T. Quatre petits paquets avec chaque fois un Kinder posé dessus. Du jamais-vu. J'ai l'impression de découvrir un continent, ou l'Exposition coloniale. Il en a sûrement autant pour moi, à voir avec quel air catastrophé il observe ma partie de l'armoire.

— Tu veux pas que je classe ton tas ?
— Hein ?

Il se vante alors de maîtriser pas mal de systèmes de classement, cet allumé, par thèmes, couleurs, chronologie, et même densité des objets. Bien que ça ne soit pas le plus commode, prévient Étienne.

Vous étudiez ce genre de population tous les jours, vous. Ça ne doit pas vous émouvoir plus que ça. Moi sur le coup, j'ai été surpris.

J'ai dit va pour le classement thématique.

Bref, je l'ai laissé jouer avec mes affaires, j'ai été cordial toute la soirée, j'ai fait une tisane, j'ai écouté un reportage à dormir debout sur les échanges marchands dans l'Europe des Nations, j'ai rien dit, j'ai reçu comme un prince. En fin de soirée, éreinté, j'empreinte l'échelle pour grimper dans mon lit, et je l'avais bien mérité, je pense. Eh bien, monsieur m'a fait toute une histoire au prétexte qu'il voyait tout, que ça ne serait plus possible de me balader sur les barreaux sans slip de cette façon. Comme si j'allais faire de la voltige pendant une heure et que c'était la première paire de couilles qu'il voyait. Il s'est planqué sous les draps jusqu'à ce que je me sois, je cite, couvert. Un comble. Le type, on l'invite — on l'invite pas, d'ailleurs —, il est pas là depuis trois heures, qu'il vous donne déjà des leçons de savoir-vivre. J'ai eu très envie de le mettre à la rue, mais c'était pas une heure chrétienne.

Je n'ai pas l'habitude de recevoir du monde, ça m'a mis dans tous mes états. J'ai dû m'endormir sur le coup des six heures, à force d'attendre l'édition de nuit qui n'est jamais venue. Pour ne rien arranger, au matin, je n'ai pas retrouvé mes chaussettes que le classement d'Étienne avait envoyées dans le sac à linge sale. Ça s'annonçait exactement comme une journée de merde. Ça s'est poursuivi de la même façon, attendu que je devais présenter un exposé d'histoire, que je suis supposé instruire la classe de la vie de Louis XI, roi de mes deux, à neuf heures tapantes. Et que j'avais complètement oublié.

— Louis XI aura, je l'espère, passionné M. Bréckard ce week-end ? salive Big Moon à huit heures cinquante-cinq, parce que lui, il l'avait noté. Monsieur Bréckard, à vous.

Je ne relève pas. Je pourrais tout à fait ne pas être M. Bréckard, après tout.

Il a fallu qu'il insiste.

— Au tableau, Bréckard, ou dans le bureau de la direction, comme vous voulez.

Autant vous dire que j'en savais à peu près autant sur Louis XI, que Louis XI sur moi. Je me rends au tableau comme à l'échafaud, sans la moindre idée de ce que je vais pouvoir raconter. Et là, Étienne fait un truc qui peut s'interpréter comme un truc de pute pour acheter sa part de ma chambre ou comme un truc de frère. Tout dépend de vos convictions sur la société.

— Tu l'as laissé dans la chambre, ton texte, c'est moi qui l'ai, mec, qu'il ment à toute la classe avec un naturel dingue.

Et il m'apporte sa copie. À la bonne heure, dit Big Moon. Et là, pareil, je n'ai pas su ce qu'il fallait en penser. Soit Big Moon est très con d'y croire, soit il est suffisamment bon pour faire semblant d'être con. Comment les autres se repèrent dans ce foutoir ? Moi je ne sais pas, les gens ne sont jamais clairs.

Je me lève et je postillonne, au garde-à-vous, le devoir d'Étienne. Irréprochable, torché comme une notice du Larousse. Big Moon est favorablement impressionné, tout se termine bien avec la promesse d'un 17/20, Étienne garde jusqu'à la fin du cours un de ces sourires géants qui fait presque oublier ses oreilles. J'ai oublié de dire qu'Étienne, qui a deux grands yeux verts, des boucles et zéro bouton, est passé très près de la perfection. Il a des oreilles, on dirait des ailes. Et même si c'est joli à imaginer — si vous êtes poète en plus d'être médecin, on sait jamais — pour lui qui est présentateur, ce sont juste des oreilles très décollées. Reste à espérer qu'Antenne 2 ne s'arrête pas à ça, le jour de l'entretien.

La réponse à la question de tout à l'heure, est-ce que Big Moon est très bon ou très con, c'est que c'est une belle ordure. Deux heures après notre exposé, Étienne et moi sommes convoqués dans le bureau de la principale. Big Moon y est déjà, à produire des racontars sur sa « vocation de pédagogue », qui l'a conduit à nous épargner une humiliation publique pendant les cours, vu notre situation. Au cas où vous auriez encore besoin de sous-titres, notre situation, c'est qu'on est pas ingérés au collectif. Moi un peu plus qu'Étienne, mais à peine. Les deux dernières années m'ont été fatales, socialement parlant.

Big Moon annonce qu'il a souhaité être bon mais juste.

— Tel Saint Louis, ajoute-t-il en se tournant de tout son poids vers la principale, une belle femme à tempérament qui lui demande d'abréger.

Big Moon résume qu'il n'est pas une buse et que nous sommes ici pour l'avoir pensé. La principale laisse à Big Moon le choix de la sanction, ce qui est le dernier truc à dire aux sadiques. Big Moon dit qu'il va y réfléchir, comme tout sadique digne de ce nom, et on sort. Dans le couloir, Big Moon me retient le bras et, me soufflant une haleine que je ne pourrais décrire que comme du poisson mort :

— Tant que tu ne feras pas d'effort, je n'en

ferai pas non plus, c'est compris ? Je ne suis pas comme les autres, moi tu m'auras pas. C'est comme ça que ça marche, petite tête.

Qu'est-ce que vous voulez ajouter après une connerie pareille. J'espère qu'il a pas eu de gosses, lui.

— Je déteste qu'on me touche, que je l'informe à titre préventif.

— Tiens, moi aussi, s'étonne Étienne.

Big Moon jette mon bras exactement comme si c'était une de mes copies, avec le même dégoût. Connard, tas de merde, meurs, que je pense très fort, à cause de mon éducation qui m'interdit de le dire et c'est regrettable. Des fois, vaudrait mieux que ça sorte.

Avec ce détour chez la principale, nous avions raté vingt minutes d'anglais. Les vingt premières qui sont les miennes, les vingt qui me font tenir trois jours.

Mlle Weiss est aujourd'hui dans un dégradé de bleus, des collants au serre-tête, les yeux un peu turquoise. J'ai oublié de préciser que Mlle Weiss se sape tous les matins comme pour le plus beau jour de sa vie ou pour un défilé. Elle accorde son chemisier à son fard à paupières, à son foulard, à ses boucles d'oreilles, à ses bas, à ses lentilles de contact, à ses cheveux. Toujours. Mlle Weiss, c'est le contraire de vous, Lydia, qui êtes toujours en noir, qu'on dirait une veuve espagnole. Mais si ça se trouve vous l'êtes, veuve et espagnole. Et je viens de faire une grosse gaffe comme ce serait bien mon style.

Miss Weiss, les autres l'appellent Guignol, rapport au spectacle vestimentaire. Moi j'appelle ça du respect. Aujourd'hui, elle est toute bleue donc, un rêve. Mais c'est Constance qui parle de Jimmy à ma place, et bien sûr, comme une vache espagnole. J'ai souvent des journées difficiles, c'est même un mode de vie et je me suis habitué. Je ne suis plus le gars qui se transporte à la moindre contrariété. Mais là, je ne sais pas. Étienne s'installe à ma gauche, je lui demande d'aller voir plus loin si j'y suis, de se mêler, à l'avenir, de ses fesses. Comme ça. Méchamment. Et il obéit, il dit désolé, qu'il a voulu bien faire avec Louis XI, qu'il ne pensait pas. Et le voilà qui remballe ses affaires sans moufter. Alors forcément, je me sens nul et j'ai envie de lui en mettre une pour que ça passe. Lui non plus ne sait pas trop quoi faire, je le vois bien. Nom de Dieu, c'est d'un compliqué les relations avec autrui. Je m'attendais pas à ça.

— Tu peux t'asseoir là, que je tranche, mais tu fermes ta gueule. Je t'ai assez entendu.

Et je sors mon compas, je le pose sur la table, pointe vers lui. C'est des singeries, en vrai je suis contre la violence. Enfin, je crois.

J'écoute la leçon sur les accents toniques, ça m'embrouille plus qu'autre chose. À la fin, j'ai un After Eight d'encouragement, comme tout le monde, brêles comprises, pédagogie anglo-saxonne. Et une caresse sur les cheveux, plus personnelle. L'envie me prend de me précipiter dans les bras de Mademoiselle pour respirer du parfum dans son foulard bleu jusqu'à m'évanouir. C'est *Calèche* d'Hermès son parfum, je lui ai demandé l'an dernier. Il rend fou.

Le vôtre, c'est quoi ? J'aime bien aussi, il sent la forêt. Il me déconcentre un peu aussi. Mais moins.

Loi de l'emmerdement maximum, à la sortie du cours, nous retrouvons Big Moon, planté dans le passage, venu nous annoncer en mains propres qu'il a réfléchi. Nous serons collés demain, mercredi, toute la journée. À faire quoi, nous allions l'apprendre dans le bureau de la principale pas plus tard que tout de suite. Moi pour demain j'avais déjà un programme, rapporter mon collier aux Galeries, mais ça, tout le monde s'en fout.

La principale nous accueille presque froidement, ni rebonjour ni rien, juste, je vous vois un peu beaucoup, tous les deux, ces temps-ci. Je lui suggère de nous inviter moins souvent, mais ce n'est pas son genre de comique.

— Fabien, qu'elle soupire, tout le monde ici trouve naturel d'être patient avec toi, mais n'en rajoute pas.

Big Moon s'installe devant la principale, se racle la gorge à n'en plus finir, et accouche de sa science.

— J'ai réfléchi en Saint Louis mais décidé en Salomon, qu'il dit, radieux.

La principale rappelle alors, en se massant les tempes, qu'elle tient un poste épuisant, le corps enseignant ne se rend pas compte, merci de résumer. Big Moon traduit, il nous punit on ne peut plus équitablement tous les deux : nous allons poncer les tables de la salle d'étude où les élèves tartinent des antisèches depuis Mathusalem. Ce ne sera pas du luxe, elles sont dégueulasses.

Poncer les tables. La principale est aussi enthousiaste que si on lui avait refilé la formule de l'eau chaude. Big Moon en est tout rose, il doit être amoureux. M'étonne pas. C'est bien le genre de pauvre type à bander pour le pouvoir. Tandis qu'Étienne demande des précisions techniques, je pense très fort saloperie de Salomon de mes deux de Saint Louis de ta sœur. Pour une fois, ce n'est pas vulgaire, ça s'appelle une allitération. Il y en a plein Racine et encore, des moins bonnes.

Les retenues, ça n'a pas toujours été un fléau. Avant, jusqu'à l'année dernière, c'était même une très bonne nouvelle : les internes étaient collés le week-end, pour les priver de la chaleur du foyer, c'était les meilleures retenues du monde. Sports d'équipe, tels que balle au prisonnier, travaux pratiques tels que ramasser les châtaignes tombées des arbres, pâtisseries telles que tartes aux pommes avec les bonnes sœurs, ravies d'avoir de la compagnie. C'était le dortoir sans les pions, c'était des foot dans le couloir, c'était M. Vachelet qui passait après la messe en tenue décontractée. Ça lui a pris un certain temps à

Dédé, mais il a fini par comprendre que cette histoire de colle du week-end, c'était une faille pour le système et une punition pour personne. Les mômes qui n'étaient pas heureux en ménage faisaient tous des conneries le jeudi pour ne pas rentrer chez leurs vieux. Et surtout, le week-end, nous étions gratuits. Même si les sœurs étaient là tout le temps et que ce n'était pas vraiment des employées, qu'elles nous surveillaient de bon cœur par définition, la nourriture et l'électricité du week-end, c'était un coût qui pesait uniquement sur l'évêché. Et l'évêché, lui, vit surtout sur la générosité de M. Poliva. Alors, était-ce à M. Poliva de payer pour les conneries des gosses des autres ? s'était interrogée la direction, enfin j'imagine. Non c'est sûr, M. Poliva est généreux mais M. Poliva ne peut pas accueillir toute la misère du monde sur ses propres deniers. Vachelet a donc arrêté les frais et c'est comme ça que j'ai perdu des jours de repos.

On a surtout effacé des bites, des numéros de téléphone, un théorème de Thalès très difficile à ravoir, des cœurs percés, des taches d'encre, des rosa rosa rosam dominus, domine, dominum au kilomètre, les gens trichent surtout en latin. Trois heures de ponçage avec du papier déjà utilisé, les rats. On y a laissé nos ongles, on a avalé de la poussière par mètres cubes. D'après Étienne, on pouvait espérer un cancer des voies respiratoires d'ici quinze-vingt ans, voir *La semaine médicale* numéro cinquante-six du 7 janvier dernier, on pourra même pas faire un procès à Big Moon, il sera mort. Étienne aussi se projette pas mal dans l'avenir.

Après quoi, il me restait tout de même deux bonnes heures avant la fermeture des Galeries Lafayette. J'ai filé. Étienne m'a rattrapé au portail, il voulait me donner des sous pour acheter des journaux frais. Lui, moins il sort, mieux il se porte.

J'imaginais déposer le collier très vite devant

la vendeuse et détaler, en espérant que la pauvre fille n'ait pas été licenciée à cause de moi, avec tout ce qui s'ensuit, grasses matinées, télévision, cacahuètes, alcoolisme, dépression et violence. Je n'aurais pas pu supporté de rater une autre vie que celle de ma mère.

Au comptoir animalerie, c'est un type. Ça ne veut rien dire, la fille peut être dans la réserve. Je montre le collier au gars en disant que je n'ai pas le ticket mais que je n'en veux plus, que je ne l'ai jamais porté, que je ne ferai pas d'histoire s'il ne veut pas me rembourser, je ne suis pas le client contrariant. J'insiste sur client. J'ajoute que j'ai hérité d'une grosse somme, pour faire authentique. Sinon un type qui s'en fout d'être remboursé par chez nous, personne n'y croit.

— Je vais procéder à l'échange, soupire le type.

J'allais détaler quand surgit la vendeuse, la mienne. Elle me reconnaît, ça se voit.

— Je ne trouve pas de sortie pour la référence vachette C657 38 cm, Lætitia, soupire le vendeur.

Ce qui en français doit signifier qu'il n'y a pas trace de vente pour le collier de Champion mais ça, je le sais déjà. Je crains le pire : Lætitia accusée d'avoir couvert un vol, de ne pas courir assez vite, de couler la boutique, et là, chômage, ruisseau, prostitution.

Mais Lætitia a été tout simplement stupéfiante. Et vous qui êtes a priori une femme, Lydia, vous allez voir comment on se défend. Elle prend le collier avec une expression de curiosité professionnelle, pas plus, et, sans rougir ni rien :

— C'est qu'il n'a pas été acheté chez nous, vous devez vous tromper, jeune homme. Mais nous les vendons également. Je vais vérifier à nouveau, vous avez le reçu ?

— Non, j'ai dit.

Mais c'est sorti « an ».

— Eh bien, voilà, ce n'est pas de chez nous, Bernard, ici nous donnons toujours un reçu.

— Sans rire, soupire Bernard.

Il était déjà retourné à son nettoyage de vitres. Lætitia en remet une couche :

— S'il n'en manque pas à l'inventaire, Bernard, c'est que le client se trompe, vous saurez.

Incroyable. Les femmes. Moi je n'aurais jamais imaginé un truc pareil. Aussi rapidement, en plus. Je suis sorti des Galeries plus renseigné sur le monde que je n'y étais entré et je comprends qu'on dise l'école de la vie pour parler de l'extérieur. J'ai refilé le collier à un clodo devant le magasin. Il avait avec lui une bête à l'état sauvage au bout d'une ficelle. On ne voyait pas bien si c'était un mulot ou un renard en mauvaise santé.

— Un furet, m'informe la cloche, précisant qu'il ne l'a pas volé.

On discute un moment. Il est sympa. J'apprends que les furets sont très propres, capables d'utiliser une litière en appartement, le cas échéant. Il veut savoir comment je m'appelle, je dis Franck, par devoir de mémoire.

— T'as des sous, Franck, sans offense ?
— Mais oui.

Et je lui donne les douze francs d'Étienne qui n'aurait pas fait moins.

Il me restait une heure avant le couvre-feu. Je fais quoi ? J'attends Lætitia et je lui propose une gaufre ? Maintenant que je sais qu'elle n'est pas du genre à appeler les flics. Encore que bof. Une fille qui ment comme elle respire. Je me réoriente vers la médiathèque, le clodo des Galeries m'a donné envie de voir Amadeus, un ami que j'ai sur place, et comme ça je choperai un journal pour Étienne. Parfait.

À la médiathèque, je passe devant le type de l'accueil comme s'il s'agissait d'une plante verte. Celui-là, j'ai essayé une demi-douzaine de fois de lui parler, chaque fois un sujet de conversation intéressant, rien à en tirer. Le genre à ne pas parler aux gens en dessous d'un mètre cinquante et grand bien lui fasse. C'est comme ça qu'on passe à côté des gars qui deviendront des hommes à Manhattan. Tant pis. Il aurait été content, plus tard, de dire à sa grosse qu'il connaissait l'Américain du journal.

Vous, Lydia, en revanche, vous pourrez vous vanter. « Je l'ai accueilli chez moi ce Bréckard, aujourd'hui célèbre   à New York. » Je laisse un blanc, on sait pas encore si ce sera célèbre artiste, scientifique, ou magicien. Vous direz « à une époque, le fameux Bréckard et moi, on se parlait tous les jours. Il m'écrivait des bafouilles de cinquante pages, moi, votre Fabien Bréckard, je les ai sur moi, vous voulez les voir ? »

Amadeus est bien là, en vrac, devant un poste consultation audiovisuelle, c'est-à-dire une télé grande comme un Minitel où on ne voit rien. Amadeus est un vieux crevard qui habite à la médiathèque le jour et réussit parfois à s'y faire enfermer la nuit. Il pue tout ce qu'il peut pour faire le vide autour de lui, comme les gens qui fument des menthols, mais ça ne prend pas avec moi, je traverse. Ça vaut le détour. Le vieux dégorge de connaissances, à propos de tout, de la peinture sur soie, des huîtres, de la vraie histoire du rail français, du bois dont on fait les violons, des pays à visiter. Une mine. Il s'est farci en deux ans les trois étagères de films pédagogiques en libre accès au niveau 2 de la médiathèque. Il est désormais consultable sur tout ce qu'il faut savoir, et gratuitement. C'est un service à la personne qui n'existe pas ailleurs, j'ai beaucoup de chance de l'avoir trouvé. Avant Amadeus, quand j'avais une question sur n'importe quoi, au hasard, la mort ou la navigation, je téléphonais aux Renseignements. Mais c'est un scandale, ce truc, on s'en rend vite compte. J'ignore pourquoi on les appelle comme ça, les Renseignements, alors que c'est juste une porte qu'on vous claque à la gueule comme une autre. Ils n'ont jamais la réponse à rien, et c'est vous qui vous faites engueuler parce que vos parents se saignent pour payer l'électricité pendant que vous jouez avec le téléphone et posez des questions idiotes.

Je fais de grands gestes de guignol pour qu'Amadeus me remarque. Il n'entend rien avec les écouteurs, et sans, pas grand-chose non plus. Il faut toujours un peu gueuler.

— T'es pas chez toi, gamin ?
— Non et vous ?

Amadeus, en plus du reste, c'est ce genre de gars, on peut se foutre de lui tout en continuant à le respecter. Je n'en connais pas trente-six comme ça.

— Et ta bestiole, elle va comment ?
— Comme un charme.

Amadeus connaît bien Champion, je les ai présentés très tôt. Le vieux n'avait pas été surpris, jugeant simplement que Champion, c'était davantage un blaze pour un dauphin. J'avais laissé couler, je n'avais pas envie de rentrer dans un débat sur les prénoms, j'aurais été obligé de me prononcer sur le sien. Lui aussi paraît content de nous voir. Il fait à Champion les questions d'hommage, son sommeil, sa santé, le félicite pour sa bonne tenue. C'est pure civilisation, il ne le voit pas non plus. Du moins j'espère pour lui.

Je lui explique que je devais acheter des journaux pour Étienne mais que j'ai dépensé l'argent en largesses. Il m'indique l'étagère des quotidiens et périodiques, précisant qu'ils ne sont pas neufs, cet Étienne pourrait s'en rendre compte, sans compter le tampon de la médiathèque. Je dis que l'essentiel pour cet Étienne, c'est que ce soit imprimé. Je prends un canard du début de l'année avec M. Chirac dessus, parce que Étienne l'aime bien. C'est le numéro sur le bruit et les odeurs. Amadeus l'a parcouru. Oui pas mal, des analyses intéressantes en pages intérieures. On bavarde un peu de l'affaire en question que je n'avais pas suivie à l'époque, je m'en foutais et je m'en fous davantage aujourd'hui. Amadeus comprend complètement M. Chirac, le bruit et les odeurs, c'est bien ce qu'il y a de pire dans la vie. Ce qui force son admiration, aujourd'hui encore, un an après les faits, c'est que quelqu'un comme M. Chirac le comprenne aussi. Cela dit, la connaissance du terrain, c'est ce qui fait toute la différence entre M. Chirac et les autres depuis le début, non ?

Rien à faire, il veut que je discute. Je sais d'expérience que ça peut traîner, on peut refaire le monde jusqu'à se faire déloger par la plante verte de l'accueil. Et je n'ai pas le cœur à lui expliquer que son M. Chirac, vu de Manhattan, hein. Je mets ça sur le dos d'Étienne.

— Il est un peu tyran, vous comprenez, il attend sa presse, il va s'énerver, allez, au revoir.

Et je m'arrache en oubliant son journal, à Étienne. Je m'en aperçois à cinquante mètres.

J'y retourne ou pas ?

Après tout, je ne suis pas son boy.

Je m'arrête devant la maison d'Hélène, parce que c'est sur la route, et surtout parce que Champion l'a décidé. Il faut savoir que les loups prennent à chaque instant des milliards de décisions, et à toute vitesse. Où aller, quoi manger, qui rejoindre, quand s'arrêter, hurler ou pas, avec qui. Très vite. Tout ce qui vous prend mille ans leur prend une seconde. Après, quand c'est votre loup personnel, il faut suivre. Bref, c'est comme ça que je me retrouve planté sous la fenêtre d'Hélène. J'ai repéré sa chambre un jour, c'est facile, un oiseau en papier est collé sur une vitre. Si on se décale un peu dans l'allée, on peut voir dedans. La pièce est violette avec des papillons aux murs, et toujours une belle lumière, très douce, comme une veilleuse. Ça donne envie d'habiter. J'étais en train de me contorsionner pour avoir un grand-angle, quand sa mère est sortie m'interpeller.

— Non mais, qu'est-ce que vous faites là ! ?

Je n'en peux plus de cette question, sans déconner. Je crois que c'est celle qu'on me pose le plus. « Qu'est-ce qu'il fait là, celui-là ? », « Tiens t'es là, toi ? », « Qu'est-ce que tu fais encore là ? » Comme si j'étais censé le savoir. Putain, s'il y a un endroit particulier prévu pour moi, il faut me le dire tout de suite, on gagnera du temps. Je suis sûr que c'est pas un asile, je vous le dis en passant.

Je sais, c'est pas un asile. C'est pas une M.J.C. non plus, excusez-moi. Je vous ai dit que le gars de la cellule à côté de la mienne se tape la tête contre les murs ? Toujours le même côté, toujours à la même heure. Je suis allé lui dire que, bam, bam, bam, tous les soirs, ça finissait par me donner une idée, comme de lui éclater moi-même la carafe. Il m'a dit qu'il avait compris. J'avais pas refermé la porte de sa cellule, qu'il recommençait. Oui, c'est pas une cellule, c'est une chambre. Et si les fenêtres s'ouvrent pas, c'est pour une question d'isolation.

Le soir même devant l'internat, je fumais ma meilleure clope, celle de dix-huit heures, quand Poliva m'a accosté. J'ai cru qu'il m'avait confondu ou qu'il avait dans l'idée de me casser la gueule. Je réfléchissais à mettre Champion en position d'attaque ou de repli, je ne savais pas trop.

Mais Poliva voulait, je vous le donne en mille, causer. Historique. On a fumé une sèche ensemble sans parler. Il y en a qui tueraient pour un moment pareil. Puis il m'a demandé alors comment ça va chez toi, tes parents tout ça, parce qu'il avait entendu dire.

— Entendu dire quoi ?
— Des trucs. Ta mère. Elle se remet pas ?
— J'en sais rien. On peut parler d'autre chose ?

On a parlé interclasses de volley, gonzesses, musique, et c'était fascinant de constater à quel point j'avais rien à dire sur tout ça. On a parlé salle de bains. Scoop, les douches ne seraient bientôt plus collectives. J'en ai profité pour remercier Arnaud, tout le monde savait que c'est grâce à lui : Mme Poliva avait dit au conseil de classe que son fils s'était plaint d'être regardé pendant qu'il se lavait, et le projet avait été voté dans la demi-heure. La mère de Poliva, j'ai jamais vu quelqu'un qui s'occupe autant du confort de son môme. Elle viendrait lui faire la bouffe au self si on la laissait.

— C'est vrai que tu t'es fait regarder ? C'était qui ?

Arnaud a dit qu'on s'en foutait, que sa mère ne le consultait pas pour parler à sa place. Et on a encore changé de sujet parce que celui des douches ne nous mettait pas beaucoup plus à l'aise, finalement. On a parlé de Big Moon, Poliva n'en pensait pas moins, un enfoiré.

— T'as les mains en sang, mec.
— Merci, j'ai vu.
— T'es un putain de Christ, en fait.

Il était très fier de sa trouvaille, il devait trouver que ça faisait intello. Il l'a répété, putain de Christ, comme si c'était des mots à mettre ensemble. Mais moi, s'il y a bien une idée qui me fout la trouille, c'est celle-là. Parce que ça expliquerait pas mal de choses, que ce serait le bouquet, et que je serais pas près d'en sortir, s'il y a encore le calvaire et le désert à se taper en traînant un Champion mort de soif. Ça m'a collé direct le cafard. Je lui aurais bien dit de se barrer à Poliva, mais personne ne lui parle comme ça. Si Notre-Dame de la Convention veille sur quelqu'un, c'est lui.

— Non, je pense pas que ce soit moi, non.
— Sinon, sur les tables, t'aurais pas lu de vieux trucs à propos de mon grand frère et d'une Sophie ?

Le seul truc que j'avais lu à propos d'Antoine Poliva, je ne pouvais pas lui répéter, ça disait que sa mère l'aimait trop avec des dessins cochons qui donnaient des précisions. Et Arnaud est trop jeune, un type de quinze ans ne peut pas tout encaisser. Oui, parce qu'il a quinze ans, Poliva, il est pour la deuxième fois de sa vie en cinquième. Ça, je ne lui jette pas la pierre, moi aussi j'ai repiqué. Mais lui il avait déjà traîné en CP, le programme est balèze. Il s'en fait pas plus que ça. À force d'entendre que les derniers seront les premiers, et qu'il sera directeur de l'usine de son père, il attend paisiblement que ça se produise. Il devrait faire attention. Pour être directeur de Poliva Industries, ou même secrétaire, je pense qu'il faut au moins savoir faire une addition et que c'est un coup à finir concierge en l'an 2001 quand il aura vingt ans. Non, vingt-quatre. Enfin je m'en fous, je serai pas là pour le voir. C'est d'ailleurs pour limiter les dégâts qu'Arnaud a fini interné, comme ses frères, à Notre-Dame-de-la-Convention. C'est M. Poliva qui a confié ça à mon père, un jour qu'on s'est croisés tous les quatre en réunion parents-professeurs. L'internat, pour que mes fils deviennent des hommes, a expliqué M. Poliva, parce que en restant avec leur mère qui leur coupait encore la viande et leur donnait du mon bébé par-ci, du mon biquet par-là, c'était pas gagné. Je me souviens que mon père m'avait ébouriffé les cheveux en disant la mère de celui-ci est pareille. Comme ça, du tac au tac. Comme s'il était en train de fourguer un camping-car. Je ne l'avais pas contrarié sur le coup parce qu'on ne peut pas dire un truc aussi énorme sans une raison valable.

— Alors, rien sur mon frère ?
— Rien sur ton frère.

Et j'ai fait dispersion en parlant de mes propres inquiétudes concernant Étienne. Le manque d'information, même passager, me le mettait dans des états.

— Oh, tu sais, ces mecs-là, a dit Poliva, parlant d'Étienne comme s'il y en avait d'autres sur Terre.

J'ai dit ouaip en regardant ma clope, genre songeur.

— Ces mecs-là, va, qu'est-ce que tu veux, il a répété.

J'ai dit ouaip, j'ai fait tomber ma cendre.

— Qu'est-ce que tu veux faire pour eux, ces mecs-là, qu'il a développé, rien, tu peux rien faire.

Mais là j'étais pas tout à fait d'accord et ça a fait un blanc. Il a terminé sa cigarette pendant le blanc et m'a informé qu'un tarot l'attendait dans la piaule d'un quatrième. Et on ne fait pas attendre une partie, encore moins un quatrième, nerveux comme ils sont. Il m'a dit salut, et tant que j'y pense, tu pourrais pas me dépanner d'une rédaction.

N'allez pas croire que je ne l'avais pas vu arriver.

— Celle pour demain ?

— Celle-là.

Pour lui demain ou l'an prochain c'est pareil. Il ne s'affole jamais.

Il m'a dit qu'il paierait bien. J'ai dit faut voir, il a dit vendu, j'ai dit bon, il a dit paiement à la livraison, j'ai dit ok.

Vous allez penser, c'est vite torché, cette affaire. Mais il faut voir qu'on est tous les deux fils de commerçants. C'est plus facile pour nous, on a ça dans le sang. Lui surtout.

Dans la rédaction en question, il s'agissait d'inventer la suite d'un chapitre de M. Marcel Pagnol, sous-entendu qu'il ne l'avait pas fait assez bien lui-même. Trois semaines plus tôt, Bobonne nous avait distribué un extrait de *La gloire de mon père*, un livre sur les vacances. C'est le chapitre où le petit Marcel va chez le brocanteur avec son instit de père. Ils prennent trois chaises et une babiole, et là le type leur dit c'est cinquante francs. À l'époque, c'était une fortune, cinquante balles et on remeublait une baraque. Alors le père de Marcel dit que c'est trop cher. Alors le type dit qu'il est obligé de demander ça parce que les cinquante francs, il les doit à quelqu'un d'autre. Là le texte était coupé et « imaginez la suite de la situation en conservant tous les personnages. Faites l'effort de décrire une scène plausible ». Un sujet imaginé par Bobonne qui n'avait pas imaginé, en revanche, qu'on pouvait l'avoir lu le bouquin. Un bouquin couru comme celui-là. Je connais des familles, ils peuvent n'avoir que deux livres dans leur salon, dans les deux il y aura *La gloire de mon père*, sûr et certain. Même si le deuxième, c'est l'annuaire. Ma mère m'avait suggéré de ne pas la faire, la rédaction, parce qu'elle l'avait mal pris. Elle trouvait que cette Mme Vachelet était un peu sûre d'elle en tant qu'épouse de directeur et en tant que diplômée d'une plus grande ville, qu'elle pensait un peu vite, cette Mme Vachelet, qu'on ne lisait pas chez les ploucs. Alors que les Vachelet, eux, s'en étaient des vrais de ploucs, t'as qu'à voir leur fille. Quand elle marche dans la rue, on dirait qu'elle travaille. Ma mère voulait mettre un mot dans mon carnet de correspondance pour dire qu'on les avait tous les Pagnol à la maison, et pas pour décorer, et plein d'autres encore, Victor Hugo pour ne pas donner de nom, et que ce sujet était la honte sur l'Éducation nationale, en plus d'être idiot. Elle n'en a rien fait mais j'étais très content. C'était la première fois depuis longtemps qu'elle s'intéressait à mes devoirs.

J'avais terminé ma propre rédaction depuis la veille, j'ai attaqué celle d'Arnaud avant le dîner, parce qu'on n'était pas en avance. J'avais devant moi un peu de calme, Étienne était sorti relever le contenu des corbeilles à papier, pour y récupérer les nouvelles. Il allait revenir très vite me les bavarder. J'ai commencé de la main gauche, Arnaud écrivant comme un cochon.

Autant j'avais trouvé une variante pour ma rédaction, autant pour Arnaud j'ai vite séché. Dans ma copie à moi, Marcel et son père mettaient le feu à la brocante pour lui apprendre, au type, à braquer des honnêtes gens, et parce qu'une histoire ne tient pas debout sans morale. C'était peut-être à côté de la consigne pour le « plausible », c'est-à-dire « chiant », mais je ne raffole pas d'écrire des trucs plausibles, on est déjà bien servis tous les jours. De toute façon, pour la plausibilité, qui est un mot qui n'existe peut-être pas, il n'y avait pas trente-six possibilités : j'ai donc mis, dans la rédaction d'Arnaud, la chose telle qu'elle fut vécue dans le livre. Suite à une négociation rondement menée par l'instit, père et fils reviennent à la maison sans les cinquante francs mais avec le contenu de la boutique, et la daronne au portail qui dit qu'on n'avait pas besoin de toutes ces saletés. Classique, quoi, plausible. J'ai galéré pour l'orthographe parce que j'ignorais quel genre de fautes faisait Arnaud. Dans le doute, j'ai pas accordé en genre, ni en nombre, j'ai mis tous les infinitifs en « é », et j'ai collé des virgules un peu n'importe comment, avec mon stylo qui bave le plus. Dans le mouvement j'allais mettre la signature de mon père en bas, l'habitude de faire des faux. J'ai regardé le tableau d'ensemble. Un torchon. Parfait.

Étienne est arrivé comme je finissais. J'ai bien vu que ça n'allait pas fort. Il n'avait pas trouvé la presse et ne se l'expliquait pas : qui aurait pris, avant lui, les journaux dans la poubelle ? Ça intéresse les gens maintenant ? Il avait l'air anéanti par cette idée de concurrence. Je lui ai dit qu'à mon avis c'était plutôt quelqu'un qui avait besoin d'allume-feu ou de torche-cul, soyons réalistes. Il m'a répondu qu'il allait tenter de s'en convaincre et il s'est mis au lit. Comme ça, à l'heure des poules avec rien dans l'estomac. Jamais vu un mec qui aimait autant son métier. J'avais un peu honte parce que c'était moi qui étais revenu du centre-ville sans le journal et même sans son fric, mais qu'est-ce que je pouvais faire maintenant. Je n'allais pas lui en pondre, de la presse.

N'empêche, il m'inquiétait. Et ce n'était pas avec le quart d'omelette que je l'avais vu avaler à midi qu'il s'était calé. Au dîner, j'ai mis de la nourriture dans mes poches, juste de quoi se subventionner, un fruit, un bout de baguette, du fromage, et je suis remonté. Mais il m'a fait des histoires. Il n'aimait justement ni les bananes, ni le pain, ni le camembert, cet emmerdeur. Il gardait la même position de refus, sur le dos, à regarder fixement le dessous de mon matelas où il n'y a rien à voir. Sinon des auréoles, très antérieures à ma présence.

Au Centre, je me suis habitué à la misère. Mais à l'époque, voir des types bien dans une situation de manque et sans issue, ça me révoltait encore, je savais pas que c'était ça, la condition humaine. Je connaissais que l'expression.

Je lui ai proposé de lire à haute voix un peu d'*Enchanteurs*, c'était bon pour ce qu'il avait. J'ai ouvert le bouquin au hasard, et j'ai envoyé. Une grosse voix pour Giuseppe, une petite voix musicale pour Teresina, j'ai fait le vent dans les arbres de la forêt de Lavrovo qu'on s'y croyait, j'adore ça. Je pourrai faire du théâtre à Manhattan, je me suis renseigné.

Assez vite, Étienne m'a demandé d'arrêter, en disant pitié. Il y a des gens qui s'ennuient au spectacle, ça existe. J'ai fait le type hors de portée, dans son monde, qui n'entend pas ce que vous dites, et j'ai continué vingt minutes. Je suis tout de même chez moi.

Le lendemain matin, sachant que Poliva voudrait récupérer son devoir, je me suis installé sur le banc qui lui est réservé par décret, au fond de la cour, contre le gymnase. C'était très héroïque de ma part, voire un peu con. Arnaud ne rigole pas avec tout ce qui est territoire, c'est son côté animal, certains y avaient déjà laissé des plumes. Mais voilà, je sentais que je pouvais me le permettre, et ça c'était une sensation nouvelle, terrifiante et sympathique. Un peu comme le vélo en lâchant le guidon.

La cour. Garçons en rang regardant le dos des filles, en cercle, cercle de filles en effet pas trop mal, les tenant dans un souverain mépris. Jeans 501, survêtements Adidas, bleus, gris, et même jaunes. Filles qui tirent leur pull sur leurs fesses. Filles qui relèvent leur pull au-dessus de leurs fesses, chemises vichy, bombers, surveillant mal réveillé parlant à un autre surveillant qui n'écoute pas, surveillant qui n'écoute pas regardant vers moi, vers les marronniers, vers le fond, vers les jupes des filles, satyre va. Jeans 501, jeans 501 noir, Nike Air, temps de merde, garçons croisant une fille, se retournant dessus, fille resserrant sa queue-de-cheval. Affirmations en anglais brodées dans le dos des gens, sans aucun rapport. *Just do it. Original Classique Label of US.* Et même *James Dean, Authentic American Legend*, sur Pierre-Mathieu, un roux dont le père est prof de maths ici. *Just do it*, encore. Bien sûr. On en reparlera.

Reebok Pump, blousons d'aviateur, jeans 501 troués. Garçon de troisième parlant à une fille de quatrième, sûrement rien de très intelligent, fille de quatrième éclatant de rire comme si elle n'avait jamais rien entendu de si drôle, filles qui les regardent, jalouses ça se voit, garçons qui s'esclaffent. Et moi sur le banc, Champion au repos, pas de Poliva. De toute façon, il ne se montre jamais qu'au dernier moment, quand tout le monde sera attentif, juste avant la première sonnerie. Ils seront quatre, Arnaud, Maxime, Nicolas, plus un autre qui change selon les saisons. Grégory dit les cavaliers de l'Apocalypse parce que ça l'impressionne. Entre eux, ils s'appellent Frère. Salut, Frère, ça va, Frère, touche pas à mon Frère.

Tout ce monde en essaim dans la cour, ça me facilitait la tâche pour regarder Hélène, en affectant de regarder quelqu'un d'autre. Hélène et moi ne sommes pas dans la même classe, le

Destin a choisi une autre manière de nous faire nous rencontrer. À l'heure actuelle, rien de sérieux ne s'est encore produit entre Hélène et moi, mais le destin s'y reprend à plusieurs fois quand il veut vraiment le bonheur des gens, je ne suis pas inquiet. On a déjà vécu tout un samedi après-midi ensemble, en sixième, il y a une paie déjà. On m'avait envoyé chez mon cousin, celui qui a déménagé. C'était son anniversaire et il n'avait pas besoin de moi car il avait trois ans et déjà pas mal de copains, ce saligaud. Mais ma tante voulait des grands pour faire de la sécurité et éventuellement le clown, si les petits s'ennuyaient. Elle m'avait invité pour dix francs, ainsi que leur petite voisine dont j'ai connu le prix plus tard, trente francs, car elle n'était pas de la famille et que ses parents n'étaient pas des gens dont on se moque. Évidemment qu'elle coûtait plus cher, c'était Hélène, et ce n'était pas du vol. Une merveille. À l'époque, on se connaissait de loin. On s'était croisés dans la file du réfectoire. Hélène m'avait demandé si c'était moi, le garçon qui jouait de la guitare à la messe de Noël et j'avais dit oui. De vous à moi, c'était un autre. Connards de guitaristes. Par la suite, j'avais fait plusieurs fois la queue à la cantine, même après avoir déjeuné, mais ça ne s'était jamais reproduit. Jusqu'à ce samedi-là. Elle avait une robe mauve en forme d'abat-jour, des ballerines et un chignon, et elle disait bonjour, Fabien, avec un de ces sourires que je me disais, oh toi, me souris pas comme ça. Elle voulait savoir si j'avais apporté ma guitare, elle me tendait la main. Lui tendre la mienne, je ne pouvais pas, elle collait comme à chaque fois que j'ai un choc. Si j'avais pas déjà pris les dix francs, j'aurais foutu le camp. Heureusement, elle a virevolté et a couru dehors, jouer sur le gazon avec mon cousin et les autres chiards. Je me suis assis sur la terrasse et j'ai pu la regarder tourner sur l'herbe et rigoler pour un oui, pour un non. Elle avait l'air d'aimer les enfants, même ceux qui étaient laids, comment voulez-vous ne pas tomber amoureux. Je suis resté une heure en adoration, ma tante était dans la cuisine avec d'autres mères. Champion aurait pu veiller sur la marmaille, les loups, on a rien inventé de mieux pour s'occuper des gosses, mais il n'était pas né. Je criais dans le tas, de temps à autre, viens là que je te refasse tes lacets, tu vas tomber. Ainsi, ma tante n'avait pas l'impression de me payer à rien foutre, tout le monde était content. Plus tard, dans l'après-midi, j'ai même pris des risques pour attirer l'attention d'Hélène, en montrant aux gamins comment faire le poirier debout sur les mains, alors que je n'en avais pas la moindre idée. Puis j'ai fait l'acrobate sur le toit de la véranda, après tout j'étais là pour les amuser. Ils battaient des mains. Ma tante m'a fait redescendre dare-dare, criant que les petits reproduisent tout ce que font les grands, inconscient.

Aujourd'hui, Hélène s'est fait une natte, une seule, sur le côté.

Arnaud n'arrivait pas, la foule s'épaississait, désormais deux cent quarante-deux élèves sur la surface. Conrad patrouillait, avec la tête de quand il se récite le règlement. Le règlement, c'est toute sa vie à Conrad, et son credo c'est l'article 4, relatif au comportement des élèves entre eux, qui ne doit pas être démonstratif, équivoque, indécent. Et justement, Maxime et Ludivine étaient en train de se démontrer, entre autres dans le cou, dégueulasse. Conrad a rappliqué en moins de deux, il a crié attitude démonstrative ! Maxime a crié pas du tout, on s'aime ! ce qui n'a pas dû arranger son cas aux yeux de Conrad. Il leur a refilé deux heures de colle chacun et le règlement à copier. Et il est reparti avec l'air satisfait du type qui a fini sa journée à neuf heures du matin. J'aurais sanctionné aussi. La Ludivine, il faut lui mettre des limites.

J'ai quitté le banc de Poliva avant l'arrivée du susnommé. Non que j'aie eu peur, j'avais rendez-vous avec Constance devant le portail. Pour l'embrasser. Ce n'est pas des sentiments, c'est du sport : je ne peux pas prétendre embrasser Hélène, le jour venu, sans entraînement. Ce n'est pas une personne qui doit servir à des exercices, ça se voit tout de suite. Il y a des choses comme l'Atlantique à la voile ou embrasser Hélène, on essaie pas, on réussit. Mais Constance n'était pas là, j'ai attendu, elle n'est jamais venue. Mince. J'ai plus qu'à me trouver un autre simulateur de vol.

Je ne l'ai pas loupée, Constance, en arrivant en classe :

— T'étais pas là, t'as tort, quand on est moche, faut être serviable.

Je suis le plus parfait petit enculé que vous ayez jamais rencontré, ma pauvre Lydia.

J'ai donné la rédaction à Arnaud, en classe d'S.V.T., devant tout le monde, pour gagner en popularité.

— Tu t'es appliqué, bonhomme ?

qu'il a dit pour gagner en popularité également. Le pouvoir, ça s'entretient. J'ai répondu que j'y avais passé la nuit car c'est le genre de détails qui jouent sur le prix. Une heure en vrai, pas plus. Après, Étienne m'avait distrait avec sa dépression saisonnière.

Étienne, puisqu'on en parle, allait formidablement mieux ce matin. Il avait trouvé des journaux, des frais, ceux du jour, en libre-service sur le paillasson des Vachelet. Il s'était levé aux aurores pour ça, dans les six heures trente. Ce n'est pas le type qui reste les bras ballants avec un problème, Étienne. Je ne serais pas étonné de le croiser un de ces quatre en Amérique. Installé devant sa paillasse, un canard national étalé sur les genoux, il respirait enfin correctement, un de ses fameux sourires entre ses deux oreilles aéronautiques. Le monde avait beaucoup changé depuis, on venait de signer le traité de Maastricht. Étienne était pétrifié de concentration. Il n'a pas entendu M. Gex s'approcher.

— Rangez-moi votre littérature patriotique, Étienne, c'est pas le moment.

Je suis témoin que M. Gex a attendu dix secondes pour laisser à Étienne le temps de réagir à l'invitation, mais même l'odeur de whisky ne l'a pas sorti de la politique européenne. M. Gex lui a pris le journal, très vite, et l'a même un peu déchiré dans le mouvement. C'est pas son jour décidément, à Étienne. Déjà hier ça l'était pas, avant-hier pas vraiment non plus, faut être de ma trempe pour supporter ça. M. Gex a bazardé sans pitié les informations dans la poubelle et a demandé à Étienne de s'intéresser plutôt à l'état du Vivant, aujourd'hui les batraciens.

Pendant que M. Gex, le dos tourné, écrivait au tableau Vertébrés, Tétrapodes, Étienne entamait déjà sa rechute. Il avait les larmes aux yeux. La météo de ce type est d'un bordélique, un coup il est radieux, deux minutes après, en pleurs. On dirait ma mère.

Et puis sans prévenir, Champion est parti récupérer le canard dans la poubelle. Typique de ce bon côté des loups dont j'ai déjà parlé : ça prend des décisions très vite pour son prochain, ça ne réfléchit pas dix ans pour savoir si c'est bien ou pas, ça réagit. Champion s'en est sorti parfaitement, avec une certaine élégance même, sans rien faire tomber sur son passage. C'est un animal qui finira au cirque. J'ai fait passer le journal à Étienne qui s'est réensoleillé aussitôt, et cette fois il l'a planqué, tandis qu'on se faisait allégrement traiter de PD par les branleurs du fond.

Jusque-là normal.

Sauf qu'Arnaud a crié « vos gueules », obtenant un silence de mort, hors de portée de n'importe quel prof ici-bas. Je ne sais pas si c'est clair : Arnaud Poliva m'a défendu.

Et il m'a défendu ainsi plusieurs fois dans la semaine jusqu'au vendredi où ce n'était plus nécessaire, je ne déclenchais que la terreur et le respect, où que j'aille.

Pareil, je me suis habitué depuis, à ça. J'ai même eu le temps de m'en lasser. Mais début 92, c'était encore l'attrait de la nouveauté, c'était pas désagréable.

Le mardi suivant, les copies sur *La gloire de mon père* ont été rendues. J'ai eu seulement 13/20 pour manque de réalisme, en revanche la rédaction d'Arnaud valait 18, encore heureux pour Marcel Pagnol. Bobonne, pas plus étonnée que ça, lui avait simplement sucré deux points pour les fautes. Arnaud n'en revenait pas de la qualité des finitions. T'avais même pensé à imiter mon style, on retravaillera ensemble, t'es un putain de génie. Ce qui est toujours bon à entendre, même au pays des aveugles. À midi, Arnaud est parti téléphoner le 18/20 à sa mère et lui faire, pour une fois, un choc dont elle n'avait pas l'habitude.

Les parents Poliva étaient si fiers de leur cancre, paraît-il, qu'ils lui ont dit qu'il aurait ce qu'il voulait, qu'il n'avait qu'à choisir. Ça ne changeait pas tellement de l'ordinaire à mon avis, mais bon, ils voulaient marquer le coup, je me mets à leur place. Arnaud n'étant pas un fils de pute, malgré le mal qu'il se donne en apparence, il a voulu m'en faire profiter : choisis un truc pour toi, Frère, ce sera sur ma note. À l'époque il n'y avait encore rien dans mon code d'honneur qui m'interdisait d'accepter les cadeaux des riches, surtout quand ils me devaient leur bonheur. J'ai demandé un bateau.

Arnaud a commencé à négocier, c'est normal, c'est un marchand. Ça ne va pas être possible, c'est trop, mes vieux vont se poser des questions, faut pas croire. J'ai commandé un transistor, on n'allait pas discuter. Et des écouteurs. ça pourrait me distraire d'Étienne. Arnaud m'a dit banco et que mercredi prochain, pour fêter ça, on irait boire des bières avec son grand con de frère. Il l'a dit comme ça, mon grand con de frère. Ça m'a fait penser qu'il y avait de l'espoir pour Arnaud. Il voit les choses comme elles sont.

Le grand con en question, c'est donc Antoine Poliva que vous connaissez déjà dans ses fonctions de pot de colle. Il pense avoir pour mission de nous enseigner les bases de l'existence : se battre, rouler des cigarettes, faire le plein d'une bécane et donc, aux dernières nouvelles, picoler. Enfin là, il ferait office de majeur responsable, vu qu'il est interdit de boire non accompagné. J'ai accepté aussitôt, j'avais justement prévu d'apprendre l'alcool avant d'aller en Amérique. Les autres produits m'intéressent moins, même si on a pas mal d'occasions, à l'internat. Un jour, des types de troisième m'ont proposé de décoller avec du K2r. Mais quand j'ai vu le résultat sur eux, j'ai dit que j'allais réfléchir. Ils le reniflent dans des mouchoirs, après ils restent étendus sur leur pieu en montrant l'ampoule du doigt et en disant qu'elle est énorme, qu'elle parle, ou qu'elle fait trop de bruit. Ils peuvent accuser aussi bien une chaise ou un radiateur, tout dépend d'où ils regardent. Je ne juge personne. Je dis juste que le K2r, c'est un détachant très efficace. Et se l'envoyer dans le cerveau avec ce qu'on se tue à mémoriser tous les jours, ça ne me semble pas une bonne opération.

Enfin ça, c'était mes préjugés de l'époque, d'avant. Avant de venir ici, de me défoncer avec vous, et qu'on m'explique que c'est pas dangereux.

Je sais, c'est pas de la défonce. J'ai une ordonnance.

Arnaud m'a serré la main, il m'a dit à demain, il est parti, et puis il est revenu. Il avait oublié de me dire deux choses. Un, qu'il était content de me connaître, deux, qu'à l'extérieur on se connaissait pas, rapport à mon passif. Ça, je peux l'entendre. C'est la condition de meneur d'hommes qui veut ça, les types ne font pas ce qu'ils veulent, forcément, tout le monde les regarde. Ils doivent sacrifier des envies toutes simples de prolo, par exemple être sympathique, avoir un ami original. Du moment qu'Arnaud aurait l'air d'autre chose que d'une brute, il perdrait la confiance des troupes et ensuite le pouvoir, et ensuite le moral, et quelqu'un d'autre prendrait sa place, peut-être même un pire. Je comprenais complètement.

— Compte sur moi, j'ai dit.

Arnaud m'a regardé bien en face en se donnant un air. Il a dit *All Right !* et si j'étais méchant, je lui aurais demandé de me l'épeler.

J'ai beaucoup aimé cette journée. J'avais, comme un con, le sentiment d'avoir gagné bien plus qu'un transistor. L'après-midi même, le groupe P.P.F. s'est réuni en l'église de la ville, pour un autre beau moment : entraînement à la cérémonie de la profession de foi, à balles réelles, avec les vrais costumes, dans le vrai décor. Il y a de la place pour courir dans une église, et une partie de chat s'est rapidement organisée. Vous allez dire, Lydia, qu'on n'est pas au maximum de notre spiritualité, pour des communiants stagiaires, mais qu'est-ce que vous croyez ? Si on s'inscrit au catéchisme, c'est surtout pour se défouler. Dans la mesure où ce n'est pas obligatoire. Et puis, je ne sais pas pour les autres, mais moi je n'y crois plus tellement, Dieu, la miséricorde, tout ça. Ça m'est passé.

Sœur Marie-Aude qui, elle, n'est plus à une erreur de jugement près, répétait qu'elle comptait sur les enfants de chœur pour nous montrer l'exemple. Or, les enfants de chœur du groupe, c'est Arnaud, Constance, Grégory, et Maxime parce qu'on accepte n'importe qui dans ce club. Ils ont montré l'exemple. Constance nous a montré comment allumer un cierge aux pieds de la Vierge pour demander ce qu'on voulait.

On l'a tous fait plusieurs fois jusqu'à ce que sœur Marie-Aude intervienne, soi-disant que les bougies n'étaient pas gratuites. C'est vrai, cela dit, c'était écrit dessus, deux francs. Grégory a raconté par le menu, et en braillant, ce qui se passait dans chaque vitrail, avec le nom des gens dessus, qu'on avait l'impression que c'était son album de famille. Arnaud a fait apprécier la qualité de l'écho en criant son prénom depuis le pupitre, et quand on a entendu nau, nau, nau, il était fier comme si le bon Dieu lui parlait personnellement.

Des aubes nous attendaient à la sacristie, propriété de la paroisse, qu'il nous faudrait rendre après usage et nettoyage à sec. Je ne pense pas que l'aube que j'ai reçue avait été nettoyée parce qu'elle sentait l'essence. Je trouve souvent que ça sent l'essence, remarquez. Ça doit être dans ma tête.

Les manches, ça allait, mais le bas de l'aube, je marchais dessus, facilement un mètre cinquante de tissu en trop. Chez les autres, ça n'était pas beaucoup mieux. Les communiants de l'année dernière devaient être particulièrement grands. Sœur Marie-Aude nous a alignés pour avoir une vue d'ensemble : on avait l'air sur le départ d'une course en sac. Ma sœur nous a observés l'un après l'autre un long moment, en souriant, comme si ça allait s'arranger d'un coup. Les chrétiens sont indécrottables.

— Vous allez vous prendre les pieds dedans, a-t-elle fini par admettre, mais pas tout de suite.

Et elle est repartie vers la sacristie. En est revenue avec des pinces à linge, suggérant qu'on bricole des ourlets pour la répétition, ça tiendrait ce que ça tiendrait.

On a appris comment faire un nœud à la ceinture de corde, comment mettre les mains bien à plat devant, comment ne pas avoir la croix de travers, mais bien droite sur le ventre, comment marcher vers l'autel sans se laisser distraire par les dessins des vitraux, j'en passe. Ce qui faisait évidemment beaucoup trop de choses à penser en même temps. Alors quelqu'un a commencé à attraper quelqu'un d'autre au lasso avec la ceinture. Et quelqu'un a voulu faire pareil en mieux, classique, et très vite la situation a débordé sœur Marie-Aude. Tous les autres ont voulu essayer cette histoire de lasso et les copains tombaient d'autant plus facilement qu'on était en robe, tout ceci a fini avec des heures de colle en veux-tu, en voilà.

Ça n'a aucun intérêt tout ça, absolument. Je vous le raconte pour meubler. C'était le dernier cahier, j'en ai plus après, c'est parfait. C'est la suite que je n'ai pas envie de raconter, vous le savez. Il reste une seule page vierge, la dernière. Je vais y faire un dessin. Il va falloir vous débrouiller avec ça et honorer vos engagements. Ouvrez la porte et filez-moi un ticket de bus. Bien cordialement, F.B., février 1994.

TROISIÈME CAHIER

Merci. Je pense qu'avec dix cahiers 11 x 17 cm, vélin 90 g, 96 pages, je devrais y arriver. Admettons que je les tartine tous, ça nous ferait dans les trente-six mètres carrés d'explications, à la louche.

Vous avez vraiment cru que j'allais vous planter ? C'était pour voir, ça aurait pu marcher sur un malentendu. Edmond Dantès est bien sorti de prison dans un sac à viande prévu pour un cadavre. Grande idée, d'ailleurs, ça m'a même inspiré cinq minutes. Mais j'ai pris le truc dans tous les sens, ça ne marche que si on a un macchabée sous la main. Je n'ai pas trouvé de volontaires dans les murs. À quinze ans on s'accroche, c'est normal.

Tant que je vous tiens, j'ai bien reçu la carte postale de M. Vachelet au titre des communications avec le monde extérieur. Au cas où vous l'auriez pas lue avant, ce sont des chevaux dans un pré et derrière il m'écrit Mon petit, courage, me dit que lui et Mme Vachelet pensent à moi, que ça doit être dur à traverser. Je lui ai répondu que je n'étais pas son petit et que n'empêche, on traverse. J'ai également écrit à Mlle Weiss, à Conrad, à Étienne. Tout est sur votre bureau, si vous avez la bonté d'y coller des timbres. Moi j'ai claqué tout mon fric pour acheter ma sécurité dans les douches.

Je sais, ça ne vous fait pas rire. C'est votre maison ici, pour vous c'est sérieux. La vérité, c'est que j'ai acheté des clopes au noir, vu qu'on me rationne. Au fait, cherchez pas vos Marlboro, c'est moi qui les ai. Les avais.

Je vous avais laissée où, déjà ? Oui, j'étais invité chez Poliva. Je me disais, Fabien, mon pote, la roue tourne. Encore un mois et on te verra faire le beau gosse, dans une boum en ville, où Hélène n'attendra que toi pour la décoller de la tapisserie. Quel con.

La maison des Poliva est difficile à rater. C'est celle qui fait le plus envie et qui est juste après la poste. Et si vous n'avez pas envie de la baraque, mettons que vous n'aimiez pas le granit ou les tourelles, vous avez envie de la voiture allemande ou du grand chien jaune qui sont garés devant. Ou encore de la balancelle, ou du filet de tennis. Vous avez de toute façon envie de quelque chose, au moins de voir dedans. Les Poliva ont fait ça très bien.

Arnaud m'avait donné rendez-vous ce mercredi à cinq heures du soir. Je suis arrivé en retard, car il avait fallu que je passe par la sortie de secours du collège, et c'est beaucoup plus long.

La sortie principale, c'est devant le bureau de M. Vachelet, dont la porte est toujours ouverte, comme la vôtre. Mais lui, ce n'est pas qu'une façon de parler. Elle est toujours ouverte, cette saleté de porte. M. Vachelet savait que j'étais actuellement en retenue — oui encore — et je n'aurais pas pu lui faire croire que j'étais une vision de son esprit fatigué. J'avais déjà essayé un mardi où j'avais dans l'idée d'aller au cinéma plutôt qu'en arts plastiques. J'étais passé devant sa porte très vite, en volant quasiment, un elfe, et je n'avais pas répondu quand il avait gueulé : « Bréckard, vu ! En cours ! » car ce n'était pas moi. Mais c'est un type très sûr de lui, Dédé, très forte personnalité. Vous ne l'enchantez pas comme ça. J'avais dû repartir en arts plastiques par le même chemin et, à ce jour, je n'ai pas encore vu *Le silence des agneaux.*

Chez Poliva, me voilà accueilli comme un lord, par un mec dans un costume impeccable et des godasses qui brillaient tellement que Maxime aurait pu se recoiffer dedans. Si je n'avais pas lu des choses à propos des larbins, de loin j'aurais dit que c'était le père Poliva qui allait à un mariage. Il m'a dit que messieurs et leurs amis étaient au premier et m'a planté là alors que j'allais demander un Orangina, tant qu'à faire. Au passage, l'histoire de marcher avec des patins sur les parquets de ces maisons-là, c'est aussi des racontars. On ne m'a rien demandé et j'ai gardé mes baskets cradingues.

Je n'étais pas pressé d'aller au premier. Ce n'est pas parce qu'on les appelle « messieurs et leurs amis », que ce n'est pas les mêmes bâtards que je vois tous les jours, je parle surtout de Maxime. En revanche, des baraques pareilles, on dira ce qu'on voudra, ça donne envie de gagner du pognon. J'ai visité. Des tapis partout, pas mal de lampes, des photos de Mme Poliva et des garçons, par dizaines, qu'on ne voit plus les murs, à croire que leur métier, c'est encadreur. M. Poliva n'est jamais sur les photos, je suppose qu'il les prend. Ce sont surtout des agrandissements qui mettent en scène les frères Poliva dans des activités de plein air. À côté d'une planche à voile, sur des poneys, sur des skis, avec des raquettes et même un parachute. Tu m'étonnes qu'ils foutent rien à l'école, ils doivent être crevés avec tous ces loisirs. Ça n'arrête pas, il y en a pour toutes les saisons. Niveau paysage, on voit surtout un seul pays sur les photos, un peu anglais, avec mer agitée et nuages. La Normandie probablement. Autant dire la porte à côté. Je pensais que, de toute la ville, les Poliva étaient ceux qui allaient le plus loin en vacances, au moins jusqu'en Espagne. Ça m'a foutu le cafard trente secondes. Si même les riches sont incapables de faire rêver. On trouvait, plus loin, foison de photographies d'un petit bonhomme, hilare et bouclé, genre deux-trois ans. Tellement décoratif, que j'ai eu envie d'en piquer une pour la piaule. Et je me suis rappelé qu'en grandissant, c'était devenu Arnaud. Ça m'a calmé.

Je suis entré dans une pièce où il y avait des étagères, une banquette en cuir et une télé. J'ai compté dix-neuf trophées allant de 1962 à l'été dernier où Arnaud Poliva s'était distingué au tennis, à défaut de passer en quatrième. Sur chaque coupe, le nom d'un mâle de cette famille qui vit pour le sport décidément. J'avais souvent entendu mon père dire que les Poliva ne brillaient pas par les idées. Je venais de comprendre.

Ça m'avait un peu éreinté cette visite, alors je me suis installé sur la banquette. J'ai allumé la télévision, pour voir ce qui se passait dedans à une heure pareille. J'ai atterri au milieu d'une histoire avec quatre garçons très bien coiffés qui jouaient de la gratte dans un garage, et une blonde qui avait l'air ravie de tout ça. C'était assez compliqué. Si ça se trouve, ça se passait à l'étranger, vu les voix de téléphone qu'ils avaient.

Je commençais tout juste à m'intéresser — figurez-vous que les quatre types peignés étaient tous amoureux de la blonde —, quand le larbin est revenu. Cette fois il m'a demandé de le suivre. On a laissé la télé et les lampes allumées derrière nous, comme des princes.

— C'est quoi, votre prénom ? j'ai demandé par éducation.

Il ne m'a pas répondu. Il devait penser qu'on était pas du même monde. Je dois avoir une élégance naturelle qui prête à confusion. Je l'ai suivi dans un escalier interminable qui dépasse l'imagination, même la mienne. Des virages tout le temps.

— Quatre-vingts, m'a confié le laquais parce qu'il m'a chopé à compter les marches.

J'ai eu un peu honte. Ça ne se fait pas de compter ce qu'il y a chez les gens. Tout le long de la rampe, encore des cadres, mais cette fois des Poliva en peintures, très bien faits, très ressemblants. Je sautillais sur les niveaux, mains dans les poches, en sifflotant un air distingué, à la façon du type qui verrait des choses comme ça tout le temps. Être étonné chez les bourges, ça fait paysan, vous saurez. Enfin, le larbin a montré une porte et il m'a refait le coup : messieurs et leurs amis sont au fumoir. J'ai répondu vous pouvez disposer, James, parce que c'était peut-être une occasion qui ne se représenterait pas.

Je suis entré dans le fumoir qui était encore plein de coupes à propos du tennis, de banquettes en cuir, et de Poliva. Avec eux, Maxime, Nicolas, plus un autre, un externe répondant au prénom pas courant de Rufus. On m'a donné une bière, Arnaud m'a demandé si j'avais laissé un polochon dans mon lit, des fois qu'on rentre tard, après la première ronde du Condé, vers minuit. Un polochon ? Je pensais pas que ça marchait vraiment, ces conneries. Arnaud m'a confirmé que ça marchait avec le Condé, qu'il ne fallait pas généraliser.

Le Condé, c'est Conrad, au fait. Vous êtes pas

trop paumée avec tous ces blazes, à chaque fois, pour un seul type ? Vous me direz, si besoin je vous ferai une légende dans la marge.

À partir de là, ça devient difficile à raconter. Quand j'y pense. Pour une fois que je faisais partie d'un truc. Pour faire court, l'aîné des Poliva servait des bières, comme prévu. Ce qui l'était moins, c'est que j'en descende huit et peut-être que je calcule à la baisse. Deux heures plus tard, la plupart des gamins avaient oublié leur prénom ou au moins la date. Champion en a profité pour disparaître. Mais à cet instant, on m'aurait dit Champion, j'aurais dit qui ça ?

On a descendu les escaliers sur les fesses, en beuglant comme c'est pas humain, on est passés devant James, occupé à frotter un lustre. James avait sûrement dû voir d'autres petits connards pintés dans sa vie parce qu'il n'a même pas levé les yeux. Les frères Poliva s'étaient mis en tête de nous montrer un buste de cerf qui était quelque part, dans la maison. Mais ils ne le retrouvaient pas alors qu'ils vivent ici, c'est vous dire comme c'est trop grand et comme ils étaient cuits. On a fini par débusquer le cerf, effrayant, empaillé la gueule ouverte, dans une sorte de bibliothèque où il y avait un grand meuble rond à nouveau rempli de bouteilles. Ma parole, ils la fabriquent, la gnôle.

Je me souviens dès lors de différentes choses. Si je les mets dans l'ordre, ça peut éventuellement faire une histoire cohérente. Première chose, Maxime monté sur une chaise pivotante, tentant de bâillonner le cerf avec son écharpe à la demande d'Arnaud parce qu'il avait perdu à un jeu. Maxime s'écroulant par terre, emportant dans sa chute la tête du cerf, certainement mal vissée, puis serrant le cerf contre lui. Très affectueux, très délicat, alors que c'est pourtant un bourrin, Maxime. Rufus, l'externe, alertant qu'il va vomir. Maxime tentant d'introduire sa bite entre les dents du cerf, je me disais aussi. Antoine Poliva lui criant qu'il allait se faire mal, que ça ne rentrait pas de toute façon. Le même Antoine Poliva répétant eh ben quoi, les lopettes, eh ben quoi, essayant de nous taper sur la tête comme d'habitude, et tapant à côté. Moi, vibration entre les deux oreilles, à devenir dingue. Je m'entendais prononcer connerie sur connerie, je crois que j'ai dit à Maxime des choses à propos de sa mère, à propos des yeux de sa mère précisément. Arnaud me répétant mon pauvre vieux, moi riant aux larmes, sans savoir de quoi, Rufus, caressant le nez du cerf, certifiant qu'il n'avait plus envie de vomir. Antoine Poliva endormi sur la chaise pivotante, Arnaud du même nom continuant à boire, impressionnant, le mec. Et ça passait pas, cette merde, mes jambes bougeaient toutes seules, je me souviens avoir dansé une sorte de pas de charleston sur les Bee Gees à toute blinde, et sur le chemin des toilettes, avoir trouvé ce Rufus, vomissant. Quand je me suis assis, j'ai cru tomber, quand je me suis allongé sur le carrelage, j'ai cru mourir, quand je me suis relevé, j'ai vomi comme n'importe quel externe. Puis la voix d'Antoine, criant barrez-vous.

À partir de là, je ne vous garantis plus du tout la qualité des informations, docteur. Déjà, sur le moment, je savais plus tellement où était ma droite, ma gauche, ni l'étoile du berger, mais un an après, c'est encore plus fou. Flou. Je me souviens surtout des sensations, la température, l'haleine des autres, des voix lointaines, l'envie de vomir, de dormir, pas peur. Mais je sais pas ce que ça vaut pour vos recherches, ce genre de données, c'est sûrement pas très scientifique. Je vous laisse juger.

Il faisait nuit en sortant, froid. Dans quelle formation on est rentrés à l'internat, en file indienne, en tas, aucune idée.

— Ça va pas, je me sens daleux, faut qu'on mange, a dit Maxime.

— Il est dix heures du soir, oublie, a dit Arnaud, et il s'accrochait à moi des deux bras.

Je le trouvais très chaud, osseux, collant.

Dans la rue, vers l'internat, je me disais, je crois, Fabien, pourquoi l'Amérique après tout ? C'est pas si mal ici, avec des copains, on serait pas bien dans cette petite ville sympa avec son fleuve jaunasse, un transistor, un pack de seize ? Peut-être même que tout ça je le disais à voix haute. Et sur ces réflexions désastreuses, que je n'eus *peut-être* d'ailleurs point, retrouvant ma piste à l'instinct comme un clébard, *j'aurais été*, conditionnel passé, m'écrouler à l'internat. Rien n'est moins sûr.

Je me suis réveillé à l'aube, dans l'ignorance totale de ma localisation. Avant de vérifier que j'étais sur Terre et dans mon pieu. À ma grande surprise, je dormais avec un cadre dans les bras, la photo du bébé Poliva. J'avais dû la faucher en partant. Ou peut-être Arnaud me l'avait-il offerte ? Probablement. Les grands mégalos font des choses comme ça. À quelle heure j'étais rentré, dans quel état, personne dans la chambre pour me le dire, Étienne était déjà descendu au réfectoire.

La gueule que j'avais dans la glace n'était pas tout à fait une publicité pour Notre-Dame-de-la-Convention, j'ai songé à ne pas me présenter en cours, par mesure de respect. Mais il me fallait voir les autres, au moins pour savoir quand et comment nous étions rentrés. Des fois qu'on me demande.

Je n'avais pas mis la moitié d'un pied en classe que la principale soi-même venait m'annoncer que j'allais manquer cette heure d'allemand pour circonstances exceptionnelles. Sans regret, c'est un cours épuisant. Toutes les cinq minutes, on me dit « ça fa bien ? » et on me la fait depuis l'année dernière. Déjà que c'est pas hilarant une fois, mais alors trente-cinq, je ne vous dis pas la fatigue. Je l'ai suivie dans le couloir, cap sur son bureau.

— Qu'est-ce que j'ai fait ? C'est quoi les circonstances exceptionnelles ?

Je suis pas gêné. Je les porte sur moi, les

circonstances. Je pue l'alcool, mieux qu'un tonneau.

— On va en parler, Fabien, avec tes parents, qui sont dans mon bureau.

— Les deux ?

C'est pourtant pas une heure pour ma mère. Ils ont dû la cueillir en robe de chambre. Et mon père, comment ils l'ont trouvé sur la route ?

— Ça va barder, mon garçon,

a-t-elle tenté de m'impressionner, avec un de ses regards paralysants. Comme si, d'où je viens, ça pouvait m'émouvoir.

— Tu n'as pas l'air de te rendre bien compte, rentrer ivre à ton âge après le dîner en réveillant tout l'étage, même si tu as des excuses, tu ne te rends pas compte de la gravité.

J'ai dit que si. Sur l'échelle du mal, ça me paraissait juste un cran au-dessus d'Omar Raddad, que ça lui a fermé sa gueule, à la principale.

Non, j'ai pas dit ça. J'aurais bien aimé mais je viens seulement d'y penser.

Bref, nous sommes arrivés comme ça dans le bureau de la principale. Elle m'a poussé dedans en disant : « Voici notre sujet », alors que c'était faux. Ils avaient déjà commencé la conversation sans moi, je le voyais à leur tête.

— Personne ne te renvoie chez toi, Fabien, tout va bien, m'a aussitôt rassuré Mlle Weiss car elle savait.

Mlle Weiss est une femme incroyable, qui a certainement ses défauts par ailleurs, mais qui met dans le mille à chaque fois qu'elle ouvre la bouche. Ça doit être un genre de don. Votre métier, elle aurait pu le faire, par exemple.

Tranquillisé à propos de ma domiciliation, j'ai claqué une bise à mes parents alors que je savais pertinemment que je puais du bec. Ils ne pouvaient pas se défendre avec une claque, pas ici, dans ce bureau qu'est un sanctuaire. J'avais l'impression de leur jouer un tour de cochon. J'ai pris des aises, j'ai dit ça va à la maison, Alfred, ça va, Mamie, ça va ? à la façon du type bien dans ses pompes qui rentrerait de vacances. Insupportable.

Ma mère avait son air ravagé du jeudi, mon père avait son air de tous les jours depuis que je le connais. L'air du mec qui pense à autre chose en vous regardant dans les yeux. Très difficile à faire.

La principale, qui me prend décidément pour un demeuré, m'a demandé si je savais pourquoi j'étais là. J'ai dit oui, que j'avais bu avec les Poliva mais qu'il ne fallait pas leur en vouloir. Ce que j'ignorais, c'est l'heure à laquelle j'étais rentré. C'est ça, a approuvé la principale, presque déçue. Elle aurait aimé débattre davantage des faits, ça se voyait.

Sur quoi s'est engagée une discussion sur l'influence d'un Poliva dont je n'avais pas besoin, compte tenu de mes résultats scolaires, et tiens, parlons-en des résultats de Fabien, et de son comportement, et de son avenir. Et c'est comme ça qu'on s'est éloignés du sujet.

Madame Bréckard, disait Mlle Weiss, je pense

que Fabien devrait ceci, Fabien devrait cela. Et ma mère ne la laissait pas finir une phrase, au motif qu'elle n'avait pas besoin de diplômes, elle, pour savoir de quoi son fils avait besoin. Ça ne m'a pas beaucoup avancé. Si c'est pas des diplômes, elle a besoin de quoi alors ?

Ça traînait. J'ai dit que je n'avais pas la journée, moi, on m'attendait en E.P.S. Ça fait très esprit saint dans un corps sain, l'E.P.S., ça rassure toujours. Vous pouvez être le pire des dangers publics pour autrui, si vous avez l'air d'aimer le sport, ça passe. La principale a dit qu'effectivement j'en avais bien besoin oui, d'un peu d'exercice, pour me remettre les idées en place. Et que la retraite à la butte des Saints du Dernier Jour, début mai, ne me fera pas de mal non plus. Si M. Bréckard voulait bien faire le chèque, puisqu'on en parle, c'est cent soixante francs.

Avec ça, la principale ne m'avait toujours pas donné mon propre tarif. J'imaginais facilement un trente-huit ou un quarante-deux heures de colle, vu la nature du crime. Il n'y aurait jamais assez de mercredi sur le calendrier, Dédé serait obligé de ré-ouvrir le samedi, juste pour me recevoir. Formidable.

— Fabien, file au gymnase, mercredi tu feras trois heures, a déliré la principale.

Trois heures. Le prix d'un bavardage, d'une pelle ou d'une clope. Il faut tuer quelqu'un ?

— Trois heures de quoi ?

j'ai demandé, des fois que.

— De colle.
Bon.

Après ce fut au tour d'Arnaud Poliva d'être convoqué avec son père. Il paraît que ça rigolait bien là-dedans, d'après Étienne qui était allé s'informer derrière la porte par conscience professionnelle. Ça a duré cinq minutes, contre vingt-cinq pour moi. Après quoi, le père Poliva a traîné un peu dans l'établissement, serrant les mains des pions en terrain conquis. Puis la mienne.

— Méfiez-vous de celui-là !

qu'il m'a dit en passant la main dans les cheveux d'Arnaud avec une fierté que je ne m'explique pas. Puis il a annoncé qu'il allait rendre à la nature ses bontés. Salut, les jeunes.

Arnaud m'a expliqué que ça signifiait qu'il allait pisser, et que pisser, c'était surtout une occasion de vérifier si ses initiales de 1962 étaient encore sur les portes des toilettes des W.-C.

Putain, c'est un truc qui se transmet, l'amour-propre.

Au soir, je rentrais dans ma chambre en sifflant *l'an 2001 quand j'aurai vingt ans* parce que maintenant que je sais boire, ça me parle. Je réfléchissais à la meilleure formule pour inviter Arnaud à une partie d'échecs dans la piaule, au meilleur moment pour embrasser Hélène. J'avais une fenêtre de tir historique, ici quand un type de la bande de Poliva vous embrasse, c'est tout simplement une promotion. Et si vous avez un minimum d'ambition, vous vous laissez faire. Bref, je faisais des projets futiles en sifflotant des conneries, je devenais un type équilibré.

Étienne, c'était l'inverse. Je ne m'étais guère préoccupé de lui ces derniers jours et, au moment où je m'étais souvenu de son existence, c'était pour remarquer qu'il n'était pas dans son assiette. Premier symptôme, il s'était approprié ma radio et ne lisait plus rien d'imprimé, écoutant en continu des journaux racontés par des inconnus. Il avait complètement cessé d'émettre. La grève. Ça avait créé un vide au niveau du bruit de fond et, quelque part, ça manquait. Second symptôme, il me fuyait, alors que j'avais pris l'habitude de l'avoir en permanence sur mes talons. Mais j'étais pas contre respirer un peu.

Quand je suis rentré au bercail, il y était déjà, adhérant comme une moule à mon transistor. Il écoutait le journal sur une station locale.

Il y a eu une nouvelle. Une vieille dame venait d'être trouvée morte dans sa maison, en matinée, au tant de la rue machin.

C'était à côté.

Selon toute vraisemblance, la victime avait eu une attaque en constatant le cambriolage de sa maison, mais écoutons, avant toute chose, le compte rendu du brigadier Philippe Drapier. Une sorte de flic était alors interrogé par téléphone, il regrettait de n'avoir rien à ajouter sinon que l'effraction et le décès avaient été constatés, affirmatif. On travaillait pour le moment sur un lien de cause à effet, certes. Mais n'allons pas trop vite en conjectures, s'il vous plaît. Une plainte contre X avait été déposée, les gendarmes faisaient actuellement leur maximum, parole du brigadier Philippe Drapier qui n'a pas tardé à raccrocher. Ensuite, une définition de l'homicide involontaire, puis les résultats d'un tournoi de handball.

Je suis sorti de la chambre.

— Où tu vas, mec ? a demandé Étienne.

La chambre d'Arnaud et de Maxime est première porte à droite en sortant. Je n'ai pas frappé.

— C'est pas un moulin, cette piaule, Bréckard, s'est vaguement élevé Maxime.

J'ai résumé. Le flash info, la mort, la maison voisine, l'effraction, l'homicide involontaire, les gendarmes au maximum, la plainte contre X.

J'ai dit, puisqu'on le savait tous les trois, que X, c'était moi. Et qu'il faudrait la boucler, mon Frère.

C'est là qu'il va falloir s'accrocher, docteur. Je vous ai amusée comme j'ai pu jusque-là, vous m'en avez d'ailleurs remercié de vive voix, mais là, on entre dans le dur. Vous allez vous rendre compte que je ne suis pas que le bouffon que vous connaissez. On va fréquenter ma part d'ombre, comme dit votre confrère Jung, Carl Gustav, prononcer Goustaf, celui que j'ai fauché sur votre bureau. Le bouquin jaune que vous m'aviez dit de pas toucher, que c'était pas de mon âge. Faut pas me dire ça, à moi.

Ma part d'ombre, en fait, c'est pas un loup. C'est d'abord un assassin involontaire et bourré qui, découvrant son profil, vomit toute la nuit. De regret, j'imagine. En tout cas, ça valait toutes les bactéries intestinales du monde. Je n'ai pas réussi à manger le lendemain, ni le surlendemain, tout ce que j'avalais faisait demi-tour aussi sec. J'ai perdu en trois jours une taille de pantalons, que ma mère prenait déjà larges, des fois que je grandisse dans l'année. À ce régime-là, la nature reprend vite ses droits et c'est comme ça qu'un homme s'évanouit publiquement dans les vestiaires du gymnase.

Alors, il ne faut pas être dans les pommes à proximité d'Étienne, je le saurai. Il essaie de vous ressusciter comme il fait tout le reste, en s'appliquant. Bonbel, qui nous enseigne ici le sport, a rappliqué pour lui dire de cesser de me gifler, que c'était des sévices sur personne à terre et que ça ne se faisait pas trop, sauf en cas de forcené. C'est tout Bonbel, ça. Un type qui parle beaucoup trop, alors que dans sa matière, il doit surtout montrer. Étienne l'écoutait, continuant à me claquer, que j'ai fini par lui en retourner une aussi que ça s'arrête. Bonbel nous a envoyés à l'infirmerie.

Vite fait, pourquoi Bonbel ? C'est pas son nom évidemment. Il nous avait dit un jour que, rapport à sa plastique de maître nageur, ses copains l'appelaient Bébel, comme l'acteur. J'imagine qu'il voulait que ça circule. Ça a circulé, et tous les élèves l'ont baptisé Bonbel, comme le fromage, voilà. On a mauvais fond. Y a qu'à voir.

À l'infirmerie, Étienne m'a confié aux soins de sœur Bénédicte et a profité de ma faiblesse pour raconter ma vie.

— Il a pas mal vomi ces derniers jours, ma sœur, il ne garde rien, j'ai peur qu'il y reste et je l'aime bien.

L'infirmière a parlé de salmonelle parce qu'elle

ne pouvait pas penser à la justice divine, elle ne savait pas. On m'a pris la tension qui n'a pas plaidé ma cause, quelque chose comme huit, ce qui correspondait à mon score à peu près dans toutes les matières scientifiques. Mais pour ce huit-là, on s'est étonné, on a appelé mon père, qui était à cent bornes en prospection. Ça ne l'a pas empêché de se pointer dans la demi-heure. Quand il n'a personne à la place du mort, mon père essaie toujours un peu de se tuer sur la route. Ça le détend, qu'il dit. Si je suis derrière, il regarde davantage le cadran, ne vous en faites pas.

Ensuite, imaginez-moi, en vrac, sur la banquette, agitant ma main vers Étienne qui agitait la sienne sur le trottoir. Pathétique. Et mon père qui se demande ce qui m'arrive, qui ne sait pas ce qu'on dit dans ces cas-là, alors qui dit ça :

— Une sacrée tuile, cette salmonelle.

J'ai immédiatement parlé d'un yaourt périmé de l'an dernier pour la vraisemblance. Un nid à salmonelles, c'est sûr. J'aurais dû le lire avant d'avaler.

— Probablement. On a de la chance que tu sois résistant, Fabien.

J'ai bien compris à son ton que c'était le moment de le prouver.

— Ça va déjà beaucoup mieux.

La sacrée tuile, on le savait tous les deux, c'était que je ne pouvais pas faire pire à ma mère que le rapatriement sanitaire. Elle était assez malade elle-même, suite à mes excès de mercredi dernier, et ce n'est pas des circonstances où elle supporte la concurrence, tout juste la télévision. Mon père se demandait à voix haute si je ne serais pas mieux chez Mamie. Mamie a soigné tellement de gens dans sa vie, sans compter les animaux. Et toi, tu lui ferais la lecture ? Un kilomètre plus tard, il me déposait devant chez Mamie. Il avait un rendez-vous mais reviendrait ce soir, avec un pyjama.

Mamie terminait de préparer un potage de légumes. C'est-à-dire qu'elle était debout dans la cuisine et regardait paisiblement tourner la centrifugeuse Whirlpool.

— Salut, je me suis annoncé.

Elle ne s'est pas retournée. Elle a continué de sourire à la centrifugeuse Whirlpool un moment. Ni vous ni moi ne pourrions rivaliser, Mamie sera toujours éblouie par l'efficacité américaine. Ça l'a marquée.

Elle a fini par remarquer ma présence. Elle ne s'est pas étonnée de me voir débarquer comme un cheveu sur la soupe, un jeudi matin, elle en a vu d'autres. Elle a regardé mes kilos en moins qu'on ne pouvait plus cacher, elle m'a demandé si je sortais de Dachau. Ce qui dans la bouche de n'importe qui d'autre ne serait pas tolérable. Et moi de but en blanc :

— On peut vivre avec un secret ? Ça tue en combien de temps ?

Elle m'a regardé. Oui, on peut. Une vie. Elle a ajouté quelque chose qui m'a plombé :

— On s'habitue à tout, Fabien.

Première nouvelle. J'espère bien que c'est faux. Même si ça expliquerait bien des choses. Pourquoi mon père rentre toujours à la maison et pourquoi ma mère ne part pas, par exemple. J'ai pas insisté davantage et j'ai regardé ronronner la centrifugeuse. C'est vrai que ça détend.

— Donc, tu as un secret.

— Non, c'est pour un exposé. Je me documente.

Elle m'a dit mon canard, des secrets et plus d'appétit, tu es amoureux. Elle a réussi à me faire rire, tellement c'était à côté de la plaque. Et heureusement, encore, qu'Hélène n'avait rien à voir avec toute cette merde.

Mais Mamie y tenait. Elle m'a répété que j'étais amoureux.

— Je suis vieille. On peut en parler tous les deux.

— Oui, si tu veux parler toute seule. Ça se fait, à ton âge.

Elle devait en avoir une envie folle. Elle a dit d'accord je commence, et la voilà qui me raconte un mec. Un Espagnol. Un dont je n'avais jamais entendu parler, jamais rien lu à propos de ce type sur les papiers de la corde à linge, un qu'elle avait vu avant de voir Papi. Et qui l'avait invitée à danser. J'ai compris que c'était bien plus grave mais Mamie dit « invitée à danser » parce qu'elle vient d'un temps où la langue française n'était pas là pour vous agresser, il y avait déjà la guerre pour ça. Quand elle l'avait rencontré, le mec, il était en France depuis dix ans. Il y était venu avec une scie et son frère, et puis à force de patience qui est l'atout des scieurs de long, il avait eu sa scierie à lui. Et une famille, des enfants encore dans la région, et il n'était pas reparti, il était mort sur place. Enfin bref, elle lui avait dit non à cet Espagnol, on prétend toujours que l'on n'est pas amoureux, tu vois. Et puis elle avait épousé Papi et puis voilà.

Elle s'est remise à son tricot comme si c'était devenu une question de vie ou de mort de le terminer.

— Et voilà quoi ?

Elle n'a pas répondu, j'ai pas insisté. Je respecte trop le fort intérieur, surtout chez les vieux. Si vous insistez, ils font exprès de tomber dedans pour perdre la mémoire et qu'on leur foute la paix, et après ils ne trouvent plus la sortie. Je lui ai parlé de la météo, de l'hiver qui traîne, serait-ce pas bientôt le moment de replanter les échalotes. Et ça l'a lancée sur le reste de ses devoirs de mars, l'oseille, la rhubarbe, les groseilliers, qui donneront tant cette année encore, qu'elle ne saura pas quoi en faire, des bocaux, de la gelée. Tu pourras en prendre, des confitures, pour l'internat ? Je dis oui et ça la rassure, elle ne veut pas faire de la confiture pour la jeter, c'est au-dessus de ses forces. Et elle défait son rang parce qu'elle a sauté des mailles.

À parler ainsi du temps qu'il fait, je commençais à aller mieux. Je respirais normalement, par le nez, pour la première fois depuis la veille au soir. Je me proposais à voix haute d'apprendre moi aussi le tricot, je me suis attaqué aux mots fléchés du programme de télévision, j'aurais pu réussir à passer pour un mec innocent. Jusqu'à ce que l'on sonne à la porte. Les gendarmes, certainement, sur le point de faire leur maximum.

— N'ouvre pas, j'ai dit.
— Tu attends quelqu'un ?
— Non, justement.

Comme si on gagnait du temps en n'ouvrant pas la porte aux flics, n'importe quoi. Mamie n'a pas insisté, elle m'a dit que j'avais raison. Le dérangement et les colporteurs ça va cinq minutes.

Elle s'est remise à son tricot, j'ai à nouveau essayé de reprendre une vie normale. Pas vingt minutes avant qu'une sirène retentisse. Je me suis retrouvé tapi sous la table, presque sans l'avoir voulu. Mamie m'a regardé sans interrompre son rang.

— Ce sont les pompiers, Fabien, sors de là.

Plus tard, Mamie a appelé chez mes parents pour dire qu'on attendait toujours ce pyjama. Le temps qu'elle s'engueule avec ma mère, je suis allé en douce refiler un franc à saint Antoine du gant de toilette. Je voulais retrouver Champion et la santé mentale, parce que j'avais l'impression que de ce côté-là aussi, ça foutait le camp.

À table, en me regardant touiller ma soupe Whirlpool qui ne passait pas, Mamie a dit c'est quoi cette fois, voyou ? T'as encore écrit sur un mur, mordu quelqu'un ?

J'ai sifflé mon bol afin d'avoir la bouche pleine, que ce soit parfaitement impossible de répondre.

Elle a dit comme tu veux, mais ça va faire un an et demi, Fabien, ça s'arrête quand ?

Mamie m'a donné un pyjama de Papi. On aurait pu en mettre deux comme moi dedans et il grattait à mort. Mais elle était tellement contente que Papi resserve à quelque chose, que j'ai enduré. Après j'ai dormi deux jours, comme si c'était la fin et c'est pas vrai que j'ai essayé de mourir de faim et de pharmacie. J'ai juste tenté de disparaître quarante-huit heures dans le sommeil avec un Temesta, un seul, dans un doigt de porto.

Le Temesta, docteur, c'est mieux quand on le mélange avec quelque chose d'un peu fort, sinon ça n'a aucun goût. Tout comme les gouttes que vous me refilez, celles qui trient les pensées sans intervention du sujet, l'Atarax. C'est embêtant ce problème du goût, je voulais vous le dire. Il faudrait lui en donner un, n'importe lequel. Sinon on peut vous en faire avaler à votre insu, et vous abrutir le libre arbitre sans consentement, vous y avez pensé ? Moi, je ne me sors pas cette idée de la tête. C'est pour ça que je recrache. C'est pas pour vous emmerder.

À mon réveil, Champion était sur le lit l'air de rien, je ne vous dis pas le soulagement. Je savais bien que Mamie n'aurait pas fait confiance à un charlatan, mais quand même, le saint Antoine, chapeau. Avec Champion, était aussi revenue la mémoire, je revoyais désormais la scène de mon crime, distinctement. J'étais entré chez Mme Claudel, la porte était entr'ouverte, à cause d'un animal, je pense. Je m'étais proposé pour récupérer un en-cas, des chips, quelque chose. Arnaud et Maxime n'avaient pas eu les couilles, ils attendaient dehors, en faction. Mme Claudel était dans son salon, je me suis approchée du fauteuil. Elle ne m'a pas vu. Elle regardait Canal +, qu'elle ne recevait pas de toute évidence, puisqu'il y avait le cryptage et le bruit de ponceuse qui va avec. Ça l'hypnotisait. Elle était bizarre, cette vieille, oui, mais on s'en fout elle est morte. Dans la cuisine, en fouillant une étagère, j'avais fait tomber un bocal de sauce tomate, un bocal en verre, un truc fait maison. Je fais tout tomber. Je revois la sauce plein les murs, le sol, la vieille dans l'encadrement de la porte qui essaie de dire quelque chose, s'effondre sur le carreau, raide. Je pouvais à présent me repasser le film sans difficulté, à chaque diffusion, ma mémoire ajoutait un détail. Une robe de chambre en pilou, un chat ravi dans une flaque de tomate, une nappe en plastique transparent couvrant une nappe en dentelle.

J'ai réfléchi à l'option de me faire diagnostiquer dingue. Un dingue peut tuer des vieilles tous les jours sans y être pour quoi que ce soit. Après tout, j'ai quand même un loup invisible aux basques, il suffirait d'en parler pour être compris. À la rigueur, je transforme Champion en licorne, ce serait encore plus convaincant. On est obligés de pardonner aux simples d'esprit, c'est écrit.

Avec le recul, c'eût été la meilleure carte à jouer.

J'ai préféré me rendormir un petit quart d'heure, tranquille, comme un monstre standard.

Dimanche, un médecin du dimanche est venu me prendre la tension. Il a dit douze, parfait. Mamie lui a proposé un vin de noix, de corriger ma tension à sept et de l'écrire sur un certificat à destination du collège. Le petit a besoin de vacances, ils ne les nourrissent pas dans son gourbi, regardez-le, docteur. Le type a refusé en bloc, et la gnôle, et le certificat médical. Mamie lui a dit en face qu'elle préférait le toubib qui venait d'habitude, Lardon, un ami de la famille. Plus aimable, plus compétent.

En bon camarade, Étienne m'avait pris les devoirs. Je me retrouvais donc avec un sujet de maths pour avant-hier à rendre demain, Étienne m'ayant obtenu une prolongation exceptionnelle. Me négocier une annulation exceptionnelle, non il n'y avait pas pensé. Mais j'avais trop la gerbe pour regarder des chiffres. Les chiffres, quand ils sont en groupe, c'est très angoissant, j'ai l'impression qu'il n'y a pas d'espoir. J'ai jeté un coup d'œil. Si $2x - 4 = 1 + 3x$, est-ce que $x = 2$?

Absolument pas. En attendant, tout le monde cherche x, il n'y a plus où se fourrer. J'ai mis le sujet dans la poubelle. Si on me colle, eh bien, on me collera. Quoique je sois désormais un type dangereux, à la place des profs, je ne me chercherais pas. Au même instant, Arnaud a débarqué dans ma piaule, c'est rare. Il avait frappé avant, encore plus rare.

— Entre, j'ai dit, et bien sûr Maxime a pensé que ça valait pour lui.

Arnaud s'est assis sur le matelas d'Étienne, Maxime a immédiatement tracé vers le lavabo, qui présentait cet avantage, inestimable pour lui, d'être surmonté d'un miroir.

— T'as un rasoir, Bréckard ? qu'il a fait en prenant ma brosse à dents.

— C'est pas ça, un rasoir, crétin.

— Je sais, qu'il me dit.

Et le voilà pas qu'il se peigne les sourcils avec ma brosse à dents, ce cochon.

— Oh, c'est dégueulasse, arrête !

— Pose ça, Max, a dit Arnaud, c'est pas à toi. C'est vrai que t'es un porc.

Je ne sais pas comment il fait Arnaud, pour se le cogner H 24. Le leader a toujours un idiot dans son ombre, ça fait partie de la fonction, je sais bien. Mais tout de même, Maxime.

— Autant prendre un chien, non ? j'ai demandé à Arnaud, pour voir où il en était sur la question.

— Il est marrant des fois, s'est défendu Arnaud en regardant Maxime se raser les poils entre les deux sourcils. *Yeah, Henry,* qu'il lui a dit d'une voix de Cartoon, la taule elle t'a appris deux choses essentielles dans la vie, *you know* ?

— Quoi, Jimmy ? a dit Maxime depuis le lavabo, avec la même voix débile.

— Jamais balancer les copains, toujours la mettre en veilleuse.

— Merci, les gars, j'ai dit car j'avais pigé.

Tout en leur signalant, d'un mouvement de tête, la présence d'Étienne, suffisamment subtil, lui, pour décoder le propos. Ils ont rigolé et ils m'ont dit que c'était simplement les répliques des *Affranchis*. Ils avaient revu le film ce week-end.

— Il y est 24 heures sur 24 dans ce bar, il va se transformer en tabouret, a continué Maxime qui ne sait pas s'arrêter tout en se cherchant une expression avantageuse dans la glace, plus en rapport avec son texte.

— À part ça, Fabien, ça boume, t'étais où ? s'est renseigné Arnaud.

Il tournait et retournait dans ses mains le portrait du bébé que j'avais posé sur le chevet. Pas spécialement surpris de se trouver là. Il me l'avait donc bel et bien offert. C'est dingue, quand on y pense.

— Il était malade, a dit Étienne.

— T'es sa mère ? a demandé Arnaud, plutôt gentiment.

— Pas à ma connaissance, a répondu Étienne.

Étienne est toujours un peu hargneux avec Arnaud. Il est jaloux, c'est naturel. Arnaud est dirigeant et lui il est rien que journaliste.

— T'étais malade ? Fallait me téléphoner, je serais passé. Ça va, tu t'es remis ? T'as raconté des trucs ? Quand on est malade des fois, on parle trop, on réfléchit pas.

— Des trucs sur moi ? s'est affolé Étienne en tant que centre du monde.

— Ta gueule, P.P.D., a dit Maxime, c'est pas pour les enfants.

Sur ces mots, il a commencé à se défroquer

pour pisser dans le lavabo. J'allais lui dire qu'on ne faisait plus ça ici, rapport à Étienne qui n'aimait pas voir des queues. Mais Étienne s'est levé et il est sorti de lui-même, très vite et très discrètement, à la façon de Nadine de Rothschild, de quand on veut mettre les invités à l'aise. À une époque, il m'aurait fait tout un foin.

— Qu'est-ce qu'ils te voulaient, les Dalton ? s'est renseigné Étienne, de retour au domicile.
J'ai dit qu'ils étaient venus commander des rédactions et me sous-traiter le texte à trous en anglais. J'avais dû négocier, d'où que c'était un peu long. Je lui ai montré du pognon pour faire authentique.
La vérité, c'est que je le faisais gratis. C'était le minimum quand il s'agit des deux seuls types qui pourraient l'ouvrir, quand on s'appelle Fabien Bréckard et qu'on a buté une vieille par inadvertance.

Juste avant le dîner, Conrad nous a réunis dans le foyer, là où plus rien ne concerne les externes et où se déroulent les parties de cartes, les affaires privées. C'était pour une annonce. Demain soir, a annoncé Conrad, sur le coup de dix-huit heures, les gendarmes de la ville allaient venir discuter avec nous. Comment ça, de quoi ? De la maison vandalisée dans la rue, évidemment, vous faites pas plus cons que vous l'êtes. À part ça, il ne fallait pas nous inquiéter, on appelait ça une enquête.

— Demain dix-huit heures, a résumé Conrad, et pas dix-huit heures dix ou dix-huit heures vingt, le premier qui se pointe en retard, c'est quatre heures de colle, vu ? Descendez manger.

Le lendemain j'avais encore maigri.

Je sais, ça fait journal de gonzesse et je sais que ce n'est absolument pas ce que vous attendez de moi. Sans compter que j'ai désormais autant de rapport avec une gonzesse que Francis le Belge avec un communiant. Sérieusement, j'ignorais qu'on pouvait maigrir si vite. À ce stade, je frôlais le look de Jenny, vous savez, la jolie de la cellule 76, celle qui mange que de la Contrex et qui me plaît bien.

Avec le recul, je pense que c'était l'accès de conscience qui me ruinait la santé. Mais je ne me rendais pas compte, à l'époque je ne faisais pas le lien, je me trouvais simplement un peu faible, pour une ordure. J'ai emprunté un futal à Étienne, taille fillette, Étienne est fichu comme un clou. Il n'a pas pu me le refiler en silence, il a fallu qu'il me serve une parabole à la Grégory pour me faire comprendre que je filais un mauvais coton. Je vous la fais courte.

C'est l'histoire d'un lapin et d'un professeur qui tente une expérience dessus. But de l'expérience, qui dure sept jours, prouver que le lapin peut vivre sans manger. Le premier jour, le professeur ne donne rien à manger au lapin, le deuxième rien, le troisième rien, le quatrième rien, le cinquième pareil, le sixième encore rien. Et le septième, pile quand l'expérience allait être un triomphe, le lapin meurt sans prévenir, bousillant une semaine d'observation. Étienne a précisé que c'était soit une histoire à propos des limites de la science pour le programme de terminale, soit l'histoire d'un type bien qui se laisse crever de faim. Ça dépend comme on la prend. Parce que me dire qu'il s'en faisait pour moi, autrement dit qu'on était quelqu'un l'un pour l'autre, il ne pouvait pas. On a tous un problème avec ça à l'internat, qu'est-ce que vous voulez.

N'empêche à dix heures je ne tenais plus debout et je devenais carrément sentimental : j'avais une envie folle de me dénoncer. J'ai failli tout balancer plusieurs fois, et vraiment à n'importe qui. À Conrad, à Constance, et à Andrea, un immigré que je connaissais pas et qui voulait juste du feu. Si on m'avait regardé gentiment, j'aurais craqué mais de ce côté-là, on était tranquille. J'ai tout de même réussi à avaler un Mars sur le coup de midi, j'ai ainsi retrouvé mes esprits, sans vouloir leur faire de la promotion.

J'avais rendez-vous avec Hélène, sur le créneau du déjeuner pour l'embrasser. On s'était mis d'accord la semaine dernière et avec tout ça, je n'avais pas pensé à annuler. Je lui avais dit sois devant l'internat des mecs, autour de treize heures, j'y serai aussi. Depuis que Conrad était seul à la barre, depuis que, privé d'Hervé, il devait couvrir tout le terrain, le système de sécurité, soyons francs, était quasi inexistant. Certaines conneries qui n'avaient jamais été tentées auparavant avaient donc été mises en œuvre, avec plus ou moins de résultats. Au premier chef, faire pénétrer des filles dans l'enceinte de l'internat des garçons par la grande porte, alors que c'est écrit noir sur blanc dans le règlement intérieur, « aucun pensionnaire ne pénètre dans le bâtiment résidentiel qui ne lui est pas affecté ». Une règle très difficile à enfreindre car faut trouver une fille suffisamment dégourdie et la plupart refusent de sortir de chez elles, elles préfèrent qu'on vienne les voir, pour pouvoir porter plainte ensuite. Récemment, une délurée de troisième est cependant venue de son plein gré sous la protection de Maxime, qu'est majeur à deux ans près. La fille est entrée dans sa chambre, on l'a vue ressortir au pas de course deux minutes plus tard. Peut-être qu'il lui avait fait mal, va savoir. Maxime l'a poursuivie trente secondes dans le couloir, en vain, court pas plus vite qu'il réfléchit, cet âne. Bref, tout ça pour dire qu'il avait créé un précédent et qu'accueillir Hélène dans l'internat désert en plein jour était tout à fait envisageable. La seule difficulté étant de passer par une fenêtre du rez-de-chaussée, tu parles.

À treize heures cinq, je galochais donc Hélène sur le pieu d'Étienne qui ne l'a jamais su. Elle se laissait faire, elle sentait la cerise, j'en ai eu vite marre. Elle m'a laissé mettre les mains sous son pull, ce qui a contribué à m'énerver. J'étais de plus en plus énervé, elle me plaisait de moins en moins, je me suis dit que c'étaient les conditions idéales pour tenter d'aller plus loin. Il nous restait encore vingt minutes avant la sonnerie. Je vous avoue, Lydia, que je n'étais encore jamais rentré dans une fille.

J'espère que je ne vous choque pas ? On dit que les médecins peuvent tout entendre, comme les curés ? Dites-moi que c'est vrai.

Bien sûr, je lui en ai parlé avant, en gentleman. Elle a fait oui de la tête et comme je ne m'y attendais pas, j'ai déchargé dans mon froc. C'est-à-dire celui d'Étienne, si vous suivez, qui ne l'a jamais su non plus. Elle m'a dit je te plais pas, je vois bien que je ne te plais pas. Ça a achevé de me désespérer de son intelligence et Dieu sait que j'étais pas là pour ça, au départ. Maintenant, j'avais juste envie qu'elle se casse.

— C'est ton frère, celui que j'avais vu à son anniversaire ? qu'elle a demandé en regardant la photo d'Arnaud petit.

Je la voyais venir. Elle tentait de mettre un peu d'ambiance, comme toute bonne femme qui se respecte. Encore un peu, elle allait me proposer une belote.

— Raté, j'ai dit, tu le reconnais pas ? Et c'était pas mon frère mais mon cousin.

Elle a soupiré. Elle s'aidait pas, parce qu'il y a pas grand-chose qui m'énerve davantage que les nanas qui soupirent.

— T'étais vachement plus sympa en sixième. Tu jouais de la guitare et tout.

OK. Elle est vraiment con, en fait. Je savais plus quoi en faire. Grâce au ciel, ça a sonné, on s'est barrés pour aller en anglais, je l'ai semée dans le couloir, je ne l'aimais plus.

Même si je ne suis pas à une déception près, cette conne d'Hélène avait achevé de me pourrir la journée. J'étais très irrité, je me sentais, à chaque minute, guetté par une crise aiguë de désenchantement, ce qui est très mauvais. Dans ces cas-là, Champion en profite pour se répandre. J'ai respiré par le nez, par le ventre, Champion s'est maintenu, mais j'en ai pas placé une de tout le cours. Pour la plus grande joie de Constance Burre qui l'a ramené pendant des plombes sur les vacances de Jimmy en France, *discovers the Côte d'Azur with his grandparents*, avec un genre d'accent du Cantal, intolérable.

Dix-sept heures trente, sonnerie. La rencontre avec les gendarmes approchait.

Je suis resté dans la salle de classe une fois vidée de son contenu, la tête dans les bras. J'exécutais là un comportement fort inhabituel afin que Mlle Weiss s'interroge. Je savais que c'était dangereux, je risquais de tout balancer mais je ne tenais plus. Je me voyais tomber au fond du fort intérieur pour des années si je ne parlais pas à quelqu'un, tout de suite. Ça a marché. Mlle Weiss est venue vers moi, avec quinze mètres de *Calèche* d'Hermès à la ronde. Rien qu'à l'odeur, j'ai été un peu camé. Elle a pris la chaise à côté, car c'est quelqu'un de bien avec du temps devant soi. Avant qu'elle puisse dire quelque chose, j'ai pleuré en anglais. Elle m'a pris la main, et moi j'ai broyé la sienne.

— Eh bien, mon grand, qu'est-ce qui se passe ?

J'ai dit rien, juste que le flegme britannique, c'était pas tous les jours facile à garder, je ne sais pas comment vous faites comme anglaise.

Elle m'a dit qu'anglaise, elle ne l'était pas. Sauf si je souhaitais qu'elle le soit, si ça me faisait plaisir. Putain. Une femme formidable. Vous imaginez la générosité qu'il faut pour dire un truc pareil ? Je lui ai dit que l'Amérique ça me semblait désormais trop loin, sûr que j'y laisserais ma peau en route. Ou que je me ferais coffrer avant. Elle m'a dit que j'irais, en Amérique, bien sûr que j'irais. Elle m'a regardé tout près, ses lentilles étaient mauves ce jour-là. Une couleur très rare chez les yeux mais elle le méritait.

— Je ne m'inquiète vraiment pas pour toi, Fabien, ça va passer.

Ça m'a tué cette phrase. On m'aurait demandé, j'aurais dit qu'il n'y avait pas plus inquiétant que moi en ce moment. J'ai failli lui parler de Champion, pour voir si ça l'inquiétait un peu. Mais j'ai préféré ne pas trop ouvrir les vannes.

Les gendarmes sont entrés alors que nous étions tous installés en salle d'étude, jamais un silence aussi lourd n'avait régné dans cet endroit voué au foutoir. La plupart des types s'étaient repeignés et prenaient des airs cruche pour faire honneur à l'uniforme, ou pour faire innocent. J'ai songé que ça allait devenir louche. Je serais gendarme, dix-sept gars de douze à quinze ans muets comme la justice et droits comme des I, je t'aurais foutu ça au trou sans confession, par pure déduction.

Le silence devenait insupportable. J'ai fait tomber ma trousse. Je fais tout tomber. Elle s'est explosée par terre. Je me serais baffé.

— Toujours le même, a dit Conrad.

J'étais déjà sous la table, à ratisser mes stylos. De plus en plus discret.

— Laisse, ça ne tombera pas plus bas ! s'est énervé Conrad.

— Vous savez tous pourquoi nous sommes ici, a commencé le plus vieux des trois types.

Personne n'a prétendu le contraire car ce n'était pas le moment de rigoler. Le flic qui venait de poser la question était en simple pull moche à col roulé, sans képi ni rien. La police, je vous le dis si vous n'allez pas au cinéma, c'est encore plus sérieux quand elle n'a pas le costume. C'est que les types n'ont plus besoin de ça pour faire peur et quand l'arme n'est pas apparente, elle peut être n'importe où.

On a bramé oui en chœur. Moi avec. Ça m'a fait du bien, cette unanimité. Un court instant, en regardant le flic, avec sa bonne tête, son col roulé et son gros bide, j'ai eu l'impression que c'était fini. Je me suis senti détendu, quoi, vingt secondes ? Mais ça a compté dans cette journée. Je comprends pourquoi les gens avouent.

Le gros flic a d'abord précisé qu'on ne soupçonnait personne en particulier. Moi, j'observais mes ongles avec tout le naturel dont j'étais capable. C'est simplement, poursuivait le flic, que le théâtre des faits était à un jet de pierre de l'internat, et quand une concentration de jeunes se trouve à proximité d'un théâtre de faits quel qu'il soit, cambriolage, incendie, souk en tout genre, on s'interroge. Traditionnellement. Il ne fallait pas le prendre contre nous, du moins pas tout de suite. Il a ajouté que ça pouvait être rapide, que ça dépendait de nous que ça ne s'éternise pas bêtement. Le brigadier Philippe Drapier, que voici, allait procéder à une simple vérification.

Là, certains ont sorti leurs carnets de correspondance, l'habitude. Le carnet de correspondance étant la seule chose qu'on vous vérifie ici. Le brigadier a dit qu'il s'agissait plutôt d'une sorte d'examen, il a ajouté qu'il s'appelait Michel et que tout se passerait bien. Quelqu'un au fond a lancé que c'était sûrement un doigt dans le cul, la sorte d'examen. Et là, les mômes n'étaient plus tenables. Étienne a détalé.

— Hé ho, toi, lui a crié le brigadier mais sans effet.

Étienne s'est évaporé.

— Deux minutes, a dit Conrad, je le ramène.

On l'a attendu quinze minutes parce que pour convaincre Étienne, c'est long. Il contre-argumente pas mal, je suis bien placé pour le savoir, et avec un partenaire comme Conrad il doit avoir le dessus facilement. Après vingt minutes, le brigadier a dit que tant pis, on allait procéder sans notre camarade.

Retour de Conrad essoufflé.

— Il m'a fait courir, qu'il s'est justifié auprès des forces de l'ordre.

Il tenait par le col mon camarade de chambre, tremblant comme une feuille. J'étais embêté pour lui, la fuite il n'y a pas plus suspect. Mais les flics n'ont rien dit. Ils ont sûrement compris que c'était l'idée du doigt, et pas la culpabilité.

Le flic en pull a souhaité faire une parenthèse : pourrait-on cesser de croire tout ce qu'on dit à la télévision américaine à propos de la fouille à corps ? Parce que c'est comme ça que ça s'appelle, ce à quoi on pense. La fouille à corps, il faut des circonstances et qu'on se tranquillise, ce n'est pas celles-ci. Et il a rigolé. Je me suis à nouveau senti bien. Ce gros flic me faisait un effet extraordinaire. Ce que le brigadier voulait examiner, c'était la semelle de nos godasses, ni plus ni moins, est-ce qu'on voulait bien les leur montrer, est-ce qu'on voulait bien faire cela pour l'enquête ?

— Évidemment, a dit Conrad avant même d'avoir recueilli l'opinion générale.

Il a fallu se mettre en rang d'oignons face au

mur, et là encore, Étienne a fait des histoires. Il frissonnait. Il disait tout bas qu'il ne voulait pas tourner le dos à des types armés, et quand le flic en pull lui a demandé de répéter, Étienne a pleuré. Étienne a dû avoir de gros démêlés avec la justice dans une vie antérieure. C'est pas normal, une émotion pareille. Le brigadier a dû s'en douter car il a autorisé Étienne à rester assis, lui demandant juste de se déchausser. Et il lui a donné du mon petit bonhomme, ce qui apaise toujours, même de la part de la police. Étienne s'est exécuté, il a tendu une chaussure, le brigadier a comparé avec une empreinte de semelle sur une feuille de papier. Étienne était déjà occupé à enlever l'autre pompe mais le brigadier a dit que c'était bon, sauf à ce que la semelle soit différente, et il a dit à Étienne d'aller s'allonger, merci de sa collaboration.

Chacun à notre tour, en se tenant au mur, on a soulevé la patte pour montrer notre semelle. Un peu comme quand il s'agit de décrotter le sabot d'un cheval : le cheval plie le genou et il faut lui attraper le sabot en priant pour qu'il n'ait pas envie de vous l'envoyer dans la figure au même moment. Je pensais à ça tandis que le brigadier me tenait le pied et que moi je me tenais au mur pour ne pas tomber. J'étais dans la position idéale pour lui péter le nez d'un coup sec, à Philippe Drapier. Mais ça n'aurait rien changé.

— Ce n'est pas tes chaussures, petit, a dit le brigadier.

Il y avait à cela une explication simple, que je vais donner de suite, afin de vous éviter des palpitations. Si, c'était bien mes chaussures. Elles sont juste beaucoup trop grandes. Quand on a acheté cette paire, je faisais du trente-sept, on a quand même pris trente-neuf parce que mère pensait sincèrement que je les ferais à la rentrée. Mais comme je suis né pour la décevoir, je n'ai pas bougé. J'ai résumé ça au flic qui n'a pas eu l'air surpris.

À chaque semelle vérifiée, le brigadier demandait à Conrad notre nom, puis le répétait au flic en pull en ajoutant une lettre. Maréchal : B, Parichaud : B, Phillipot : C, Leduc : B, et le flic en pull reportait ça sur un cahier. Personnellement, j'ai eu B et j'imagine que c'est correct, presque personne n'a eu A. Sauf Arnaud et Maxime et je sais plus qui.

Le brigadier est ensuite monté dans les chambres il s'est envoyé tous les casiers les uns derrière les autres, afin de vérifier nos autres chaussures, pour ceux qui en avaient. Après quoi, on a fait la queue devant la salle d'étude, les flics nous recevaient un à un avec une machine à écrire et une question simple : avait-on remarqué quelque chose d'inhabituel cette nuit-là ? Ce fut mon tour assez vite, rapport à l'alphabet.

— Vous êtes Bréckard, Fabien, né le 4 janvier 1978 à Troyes, cinquième B, vous confirmez ?

C'était en effet la triste réalité.

— Non, j'ai dit.

Comme ça, pour contester.

— Comment ça non ? Bréckard, Fabien, cinquième B, janvier 1978, c'est pas vous ?
— Si...
— Un marrant, a estimé le gros flic, et j'ai été content de lui plaire à mon tour.

Ils avaient été informés qu'Arnaud, Maxime et moi avions manqué le dîner, ce soir-là. J'ai demandé la source. Ils m'ont dit qu'elle était bonne, et que les questions, c'était eux. Ça j'en étais sûr. J'en étais sûr que Conrad avait la fibre collabo. J'ai encore été déçu par un proche sur ce coup-là, mais à force ça me passe au-dessus.

— Donc, Bréckard Fabien, vous êtes rentré après le couvre-feu à vingt-deux heures trente dans un sale état ? Vous confirmez ?
— Oui.
— Andrieux Maxime et Poliva Arnaud sont rentrés avec vous, et pas beaucoup plus fringants ?
— Oui.
— Merci.
— Bucarnet Jean-Baptiste !
a braillé Philippe, et moi je suis parti.

Ils ont entendu tous les internes jusqu'à Zayed Karim. Puis M. Vachelet est venu les saluer, et ils sont repartis. Si c'est ça leur maximum, il doit pas y avoir grand monde au placard, dans la région.

Ceux parmi nous qui n'avaient rien à se reprocher étaient tout excités, ils faisaient la queue devant le téléphone du couloir pour raconter à leurs parents comment ils avaient aidé la police. C'est con que les gendarmes soient repartis parce qu'il suffisait de repérer les mecs qui ne téléphonaient pas pour comprendre : Arnaud, Maxime, moi, et Sébastien qui ne téléphone jamais parce qu'il a peur des germes sur le combiné.

Dans la chambre, Étienne m'a confié sa vision des faits, assez pointue comme souvent. Il devait y avoir des traces de pas dans la pelouse détrempée de Mme Claudel, il avait plu. D'où le relevé des semelles. J'ai dit sûrement. Il m'a regardé, je suis allé vomir. C'était en train de devenir mon principal moyen d'expression, vomir.

De ce point de vue, j'ai de la chance de vous avoir croisée, Lydia. Vous m'en avez trouvé un plus sophistiqué.

Personne n'avait pu me dire ce que risquait un assassin mineur involontaire. Poser directement la question à l'énergique brigadier Philippe Drapier m'avait semblé un peu audacieux. Il pouvait faire le rapprochement et réorienter son enquête dans ma direction. Les Renseignements, que j'avais sollicités plus par réflexe qu'autre chose, s'étaient contentés de me signaler, comme d'habitude, que le téléphone n'était pas un jouet. Restait sœur Marie-Aude. Je lui ai présenté la chose à mots couverts, au gré d'une heure de catéchisme.

Mettons, ma sœur, une brebis galeuse très au-dessus du troupeau de tempérament, qui aurait par mégarde occasionné la perte d'une brebis en fin de parcours, l'histoire ne dit pas comment. Mettons qu'on l'attrape, cette brebis. On en fait quoi, ma sœur, on l'enferme, on la tond ?

Sœur Marie-Aude a répondu, avec une assurance qu'à ce degré j'appelle de l'égarement, ça n'arrive jamais, ça, Fabien. Les brebis égarées reviennent d'elles-mêmes vers le berger, toujours, car il n'y a de mauvaise volonté chez personne. Juste le démon. Et le démon n'est pas personnel, il visite les gens, on parvient toujours à s'en débarrasser, avec le temps.

— Ouais, et si on est pressé ?

Sœur Marie-Aude m'a alors demandé de laisser participer les autres, au hasard Grégory qui levait la main depuis la semaine dernière. C'était la première fois que je demandais de l'aide à quelqu'un d'autre qu'un livre, et c'est bien ce que je pensais. Merci quand même.

À bout de ressources, j'ai décidé d'effectuer des recherches personnelles dans des manuels de justice. Sauter les repas me faisant gagner un temps fou, j'ai pu me rendre dès le lendemain à la médiathèque. J'ai déjà dit que cette taule était surveillée par des aveugles (Conrad) ou des absents (Hervé), et l'un dans l'autre on fait donc à peu près ce qu'on veut. J'ai fugué à découvert, dans l'aveuglement général, vers onze heures quarante-cinq.

Sur place, j'ai trouvé Amadeus admirant une exposition temporaire de photographies. Des arbres en hiver avec de la neige dessus. Très gai. Exactement ce dont on a besoin ici. Je me suis adressé directement à lui parce que c'est le plus compétent, il connaît bien les fonds et le système de classement et on devrait lui filer un travail ici, sans déconner. J'ai dit que je cherchais quelque chose pour un ami, je ne savais pas quoi, où il y aurait des exemples de crimes avec le prix à payer en face, une sorte de dictionnaire, c'était urgent. Amadeus a réfléchi et m'a parlé d'un certain code pénal, Dalloz, que je trouverais à Usuels — Droit et Sciences sociales. J'ai trouvé le bouquin mais c'était tout écrit en charabia, j'ai passé deux heures dessus et j'étais pas plus avancé. J'avais décidément besoin d'une assistance. Elle s'est présentée d'elle-même en l'odorante personne d'Amadeus.

— On peut vous aider, gamin ?

Il me parle au pluriel. Rapport à Champion.

— Ce serait pas de refus.

— Balancez. On n'a pas mieux à faire aujourd'hui.

Lui il se parle en pronom indéfini. Rapport à des raisons qui sont les siennes, je préfère pas savoir. J'ai raconté le film à Amadeus, avec Maxime dans le rôle-titre de l'assassin. Il ne m'a pas interrompu. Je ne sais pas d'où vient ce mec, mais je lui aurais raconté que Maxime avait piqué le goûter d'un sixième, il aurait eu la même réaction : aucune. Il a réfléchi, pas longtemps.

Selon lui, deux perspectives d'avenir s'offraient à ce brave Maxime. La première, la famille Claudel retirait sa plainte, suite à l'inévitable impasse de cette enquête sur les semelles, un peu trop pieds nickelés pour être efficace. Dans cette perspective, Maxime resterait innocent comme un jésus.

— Vous avez pas vu sa gueule ! j'ai dit parce

que c'est vrai, Maxime est naturellement plus proche d'un dogue que d'un jésus.

Puis je me suis souvenu qu'on ne parlait pas vraiment de lui.

— Je vous en prie, continuez.

Dans la seconde perspective, à en croire le manuel, l'identité juridique de la personne garantissait que Maxime irait au gnouf avec d'autres mineurs à responsabilité pénale. C'étaient là les mots du Dalloz, Amadeus venait de les découvrir comme moi. Il les comprenait mieux mais ne les mettait certainement pas dans le bon ordre. En conclusion, Amadeus estimait qu'à mon âge je devrais de toute façon penser à autre chose. Aux filles par exemple.

— Pour ce que ça donne. Et dans la seconde perspective ? Si la plainte est pas retirée, si ça court, vous faites quoi ?

— On se confesse aux autorités. La justice est toujours plus clémente avec un mec qui se chie dessus de son plein gré qu'avec un fuyard.

J'ai insisté.

— Sans déconner, vous êtes Maxime, vous faites quoi ?

Il a regardé un moment les étagères.

— Comme tout le monde. Je me cache, je me fais oublier. Je me trouve un endroit pour dormir.

Je. Il s'en était gouré de pronom. Je pense qu'Amadeus est en cavale depuis des années pour un fait similaire. Un jour, je le retrouverai et je lui poserai la question franchement.

Tout le monde fait ça, si ça se trouve. Tue quelqu'un, court, trouve un endroit, dort. Tout le monde.

Sur le chemin du retour, je me suis laissé entraîner par Champion, au bord du fleuve marron, sur la berge. Personnellement, je déteste cet endroit. C'est une eau épaisse qui sent le renfermé, la truite, la rive est boueuse, le sol vous prend aux pattes comme s'il s'agissait de vous retenir. Je ne sais pas où les noyés trouvent le courage, moi je serais bien incapable de me foutre à l'eau. Mes parents ont dû vous dire que j'avais tenté quelque chose sur ma personne, il y a longtemps, avec un sac en plastique ? Sûrement que je cherchais la merde, on ne se fourre pas la tête dans un sac sans raison valable. Je crois que je voulais juste savoir si je pouvais tenir sans air, si on pouvait vraiment se passer de tout, pas seulement d'amour. C'était sans rapport avec mourir mais personne ne m'a cru. J'ai eu peur, j'ai enlevé le sac en moins de deux, et j'ai vu mes parents, ils me fixaient. Ce jour-là, ils se sont dit que l'internat, c'était la meilleure solution. Parce que l'internat, c'est les autres, les surveillants nuit et jour, les lampes allumées dans le couloir, en permanence.

Je suis resté longtemps, sur la berge, à réfléchir au diagnostic d'Amadeus. Il avait raison, l'urgent, c'était la planque. J'étais très exposé à l'internat, les flics ne tarderaient pas à y revenir triomphants, une fois bouclée l'enquête sur les godasses, qui n'était sûrement pas la plus difficile à boucler de l'histoire du crime. En admettant qu'ils comparent toutes les semelles du périmètre, c'était l'affaire de deux semaines, à tout casser.

Une heure plus tard, après avoir tactiquement attrapé la crève du siècle au bord de l'eau, j'avais trouvé. J'avais rien inventé, notez, la ruse est éprouvée dans quantité de nanars : aller se cacher là où personne ne songerait à vous chercher, tellement la planque est mauvaise. En ce qui me concerne, dans les jupes de ma mère,.

Restait à m'y faire admettre. Facile, j'avais déjà de la fièvre et un rhume de cerveau. J'ai continué à rien manger pendant quarante-huit heures, c'est juste un coup à prendre. Quand on m'a trouvé étalé sans conscience dans le couloir des chambres, c'est devenu une évidence pour tout le monde, je sub-claquais, probablement contagieux. Appelez-moi ses parents.

QUATRIÈME CAHIER

Ça va, Lydia, vous tenez le coup ? On ne s'est pas vus depuis que vous avez terminé le troisième cahier. La directrice du Centre m'a dit que vous donniez une conférence en Suisse, à des étudiants en psychopathologie, que c'est pour eux que vous m'aviez délaissé. Je m'en fous, vous me manquez pas. J'ai trouvé le programme du machin en Suisse sur votre bureau, un bureau, ça se ferme. Du coup, je sais que vous étiez à l'université de Genève, à seize heures, jeudi dernier, amphithéâtre A, et que votre exposé s'appelait « Mécanismes de défense post-traumatique et créativité du sujet », la classe. Ça veut dire quoi ? Vous avez aussi parlé de moi ? Ça me déplairait pas d'être étudié à l'université.

Bref, tandis que vous faites du pédalo sur un lac en bâfrant du chocolat, moi je suis déjà au quatrième cahier. À la fin du troisième, souvenez-vous, je rentrais chez mes parents, pour une fois de mon plein gré.

Dans ce quatrième cahier, vous me verrez essentiellement au pieu, chez mes vieux, avec une bouillotte, une bassine de temps à autre, un *Boule et Bill* et un thermomètre, vous savez où. Quand je ne serai pas au pieu, il faut imaginer un type pas forcément douché, ayant fait d'un pyjama et d'une paire de tatanes sa seconde nature. Un type sursautant à la façon d'un chevreuil traqué, au moindre son étranger, porte qui claque, bagnole de moteur inconnu pénétrant dans l'allée, pin-pon de toutes sortes — flics, ambulance, laitier. Il s'agit d'une cavale.

Coup de bol, suite à mon refroidissement, j'ai enchaîné les problèmes de santé avec une rigueur imprévue. Je n'ai pas arrêté d'être malade. Je veux dire, sincèrement malade. J'ai eu toutes ces choses sans explication qu'on appelle des riens ou qu'on n'appelle pas, mais qui, à la longue, vous mettent sur le carreau. Des plaques rouges sur la figure et les bras, des boutons, des migraines dans l'œil, un souffle continu au fond des oreilles, des extinctions de voix sans rapport avec la température extérieure, la nuit des cauchemars à pas m'en remettre de la journée. Toujours le même, du sang sur une dalle, le cri d'une femme. Et à la fin, un semblant de rubéole comme un chiard de trois ans. Avec le recul, je m'aperçois que j'étais tout bonnement en train d'y passer.

C'était fascinant de voir mes parents ne pas s'alarmer et répéter que j'étais résistant. J'ai entendu ma mère dire à mon père qu'être malade, c'était surtout une façon de se faire remarquer. Je me suis promis de lui ressortir un jour.

On me foutait une paix royale que je meublais avec les moyens du bord. Je n'ai jamais autant lu et je me suis branlé pour toute une vie. Le neuvième jour, j'ai signalé à mon père, l'individu que j'intéresse un peu dans cette baraque, que j'arrivais à bout des distractions qui peuvent se poursuivre au lit. J'espérais un magnétoscope, il est venu le lendemain avec le plateau d'échecs. Bon. En même temps, je me serais adressé à ma mère, sûr qu'elle m'apportait l'aspirateur. Tandis que je lui prenais son fou, il m'a demandé si j'avais des choses sur le cœur.

Il aura mis le temps.

Il y a quelques mois, j'aurais fondu en larmes. Sauf qu'en cavale je m'étais durci la couenne. J'ai ricané, et on est pas passés loin que je réponde « quel cœur ? ». Je me suis retenu. Ce sont des répliques à balancer droit dans ses bottes, la main sur le colt. En robe de chambre, ça vous ferait vite passer pour un con.

J'ai dit tout va bien, la preuve je mange, échec à la reine. Il n'est pas très bon aux échecs, mon père, et il ne veut pas progresser non plus dans ce domaine. J'ai d'ailleurs laissé tomber depuis un moment, je me contente de l'humilier de temps à autre, puisqu'il en redemande. Il n'a pas insisté.

Huit jours plus tard, j'étais un peu retapé. J'étais en mesure d'accueillir le correspondant anglais qui faisait partie du programme. On avait bien failli me l'annuler, mais j'avais tenu le coup. C'était devenu une carotte. Si tu veux ton correspondant, tu fais un effort, tu te secoues, ta mère va pas lui faire la conversation pendant que tu légumes au plumard.

Mon correspondant est arrivé un vendredi soir dans un bus, avec ses semblables. On me l'a livré à la maison. Il s'appelait Sullivan, du Hampshire, et me correspondait parfaitement, c'est vrai. Sullivan du Hampshire ne parlait pas un mot de français et n'en comprenait pas davantage. Une bénédiction. Je pouvais me confier pendant des heures en français et il restait là, à me sourire, ne pigeant pas un traître mot. J'ai tout balancé : Champion, qui se reposait, Mme Claudel, qui se reposait aussi, Hélène et ses limites. Je lui ai parlé des Zaga en français, de ma mère en français, de la fois où j'ai volé le collier en français, de New York, d'Alfred, un chat que j'ai, un peu sournois, en français. Le type avait une qualité d'écoute extraordinaire car il voulait donner satisfaction. Il mangeait aussi énormément, tout ce qu'on lui mettait dans l'assiette parce qu'il avait peur de ma mère. Elle pensait que c'était pour son gratin, ma mère ne sait pas qu'elle glace le sang. Elle était contente, ce qui faisait du bien à tout le monde. Sullivan mangeait comme un chancre à tous les repas, et à tous les repas, on me citait Sullivan en exemple. Sullivan qui finissait les endives au jambon, Sullivan qui mangeait son trottoir de quiche même brûlé, Sullivan qui ne faisait pas la fine gueule sur le camembert en fin de vie, Sullivan qui nous a bien fait rire en attaquant son cœur d'artichaut avec les poils dessus, car c'était son premier. Il n'en avait jamais vu des vrais avant, juste en conserve. Bien sûr, Sullivan était davantage qu'une poubelle de table : c'était un témoin permanent. Je n'ai pris aucune baffe, rapport à l'image de la France à l'étranger. Sauf le dernier jour, parce que ma mère n'a pas tenu, mais j'avoue pour cette fois que j'avais poussé le bouchon et que tout le monde m'aurait claqué. En gros, elle m'a dit débarrasse, et j'ai répondu demain matin. Elle m'a dit tu veux une claque, j'ai dit cap'. Je n'avais pas bu, non, je pensais vraiment que c'était la paix romaine. La paix romaine, c'est une saison où on ne se bat pas, mais où on n'en pense pas moins, qui ne dure pas longtemps et dont il faut profiter. Mais j'ai eu une claque, puis une autre, techniquement parlant un aller-retour. La figure de Sullivan a rougi de solidarité, ma mère m'a dit bravo, la bonne impression sur notre invité, foutue à cause de toi.

Foutu pour foutu, elle a d'ailleurs débarrassé elle-même en envoyant les assiettes sur le carrelage.

Sullivan a dû tout de même progresser pendant son séjour, je faisais attention à varier les temps de l'indicatif car il était là pour apprendre. Avec initiation au conditionnel en prime. J'*aurais* tué Mme Claudel par crise cardiaque interposée, mais en l'absence de témoignage, on ne *devrait* pas pouvoir le prouver, Sullivan.

Je l'ai tenu éveillé tous les soirs jusqu'à pas d'heure, tant j'avais besoin d'avouer. Parfois il essayait de m'interrompre en français, mais je faisais semblant que ça ne voulait rien dire en disant ouate ? ouate ? comme le dernier des cancres. Et je voyais bien qu'il se sentait terriblement seul, du mauvais côté de la barrière de la langue. Je comprends, je vis ça tous les jours. Je me suis servi de l'Anglais jusqu'à le rendre raciste, à moins qu'il y ait un autre mot pour la haine du Français. Il ne m'a jamais invité chez lui en Angleterre. Il a pensé que je ne parlais pas la langue. Dommage. Ça m'aurait rapproché de l'Atlantique.

Quarante-huit heures après son départ, je lui écrivais une lettre d'excuse en anglais. Oui, à l'époque je faisais ça naturellement. Maintenant que la médecine l'exige, ça me fait chier.

Vingtième jour de cavale, toujours pas de nouvelles des flics. À l'issue de la partie d'échecs désormais hebdomadaire, mon père m'a dit ce soir on te fout la paix, on dîne chez des gens avec ta mère. J'ai dit tu y crois ? Il a dit non, pas tellement.

En règle générale, quand ils sont invités chez des gens, mettons à vingt heures, ma mère est en robe de chambre à dix-neuf heures quarante-cinq et mon père s'emporte. Pas à cause de l'événement en soi qui n'a rien d'extraordinaire, juste à cause de l'usure. Et ma mère en profite pour ne pas venir, dans ces conditions. Là, mon père téléphone aux gens pour dire qu'il y a un problème à la maison. Là, ma mère l'entend et c'est fichu, parce que ça va bien de lui mettre toujours tout sur le dos, et elle se recouche. On dîne alors à domicile. Mon père cuisine pour nous deux, des pâtes ou des corn flakes, en faisant le décompte des gens qui ne les inviteront plus.

Mais ce samedi, ma mère était sur pied à vingt heures pétantes, elle devait simplement se maquiller, avait filé ses bas, devait en changer. On pourrait démarrer sur le coup de vingt heures trente. Mon père a signalé pour la forme que c'était l'heure à laquelle ils étaient attendus, et que personnellement il s'en foutait. Il y allait pour faire semblant.

— Semblant de quoi ? j'ai demandé parce que ça m'étonnait, c'est pas son genre.

Ma mère a dit qu'est-ce qu'il fait là celui-là ? Parce que s'il est debout et qu'il a plus de fièvre, il peut aller vider le lave-vaisselle, il est pas à l'hôtel.

Et elle m'a envoyé mettre un pyjama propre, comme si c'était moi qui dînais avec des inconnus. Un pyjama que tu ne te serais pas mouché dedans, on vit avec un épouvantail, ça te rend sauvage la pension, je vais leur dire. Et va prendre un bain, pour l'amour du ciel.

Ils sont partis, vers vingt et une heures. J'en ai profité pour aller faire du tourisme dans leur chambre, je fais ça dès qu'ils ont le dos tourné, c'est maladif. Ça m'est formellement interdit depuis que Champion a bousculé les meubles. On avait renversé un truc, un cadeau, un genre de vase moche, avec des merdes dedans. Je fais tout tomber. Il était à peine rayé, mais j'aurais pété le vase de Soissons, c'était pareil. Ma mère, qui ne laisse pas passer une occase, en avait fait trois jours de plumard sans manger.

J'ai ouvert des tiroirs, regardé des photos de moi, essayé une vieille montre bloquée à douze heures, avec la trotteuse qui continuait toute seule, à s'affoler pour rien. J'ai trouvé des sous dans la table de nuit de mon père. J'ai décidé de lui laisser, il se plaint assez qu'il en a pas. J'ai carotté un *San-Antonio* qui traînait, des dragées, des piles, ça peut servir. Je suis entré dans la penderie pour renifler le parfum de ma mère dans ses habits. Et dans la poche d'une robe, j'ai trouvé la médaille d'Alfred. J'avais pas remarqué qu'il l'avait perdue. Peut-être qu'elle lui avait enlevé. Je la vois bien se dire c'est un peu trop joli pour un chat, ça, allez, au coffre. Ce qu'elle m'énerve. Je lui rendrai au chat, quand il reviendra. En ce moment, il est en forêt.

J'ai effacé toute trace de ma visite, et j'ai décidé de me laver, oui, pourquoi pas, après tout.

Trois heures durant, j'ai médité des trucs dans l'eau de la baignoire. L'eau de la baignoire est un endroit où j'ai une vision souvent très claire des situations. J'en ai profité. D'ordinaire, on ne m'y laisse jamais longtemps, à cause du prix de la flotte, qui frôle aujourd'hui les quatre francs le mètre cube. J'avais vidé le ballon d'eau chaude à force d'en remettre. Je vidais un peu, je remplissais, je vidais, je remplissais, sans regarder à la dépense. Enfin si, regardons. On a le temps.

Soit une baignoire d'une capacité de deux cents litres, pas tout à fait remplie, je suis dedans. Disons cent soixante litres d'eau, dont je vide un quart toutes les vingt minutes, pendant trois heures. Soit donc cent vingt litres ajoutés par heure, cent vingt litres vidés. Ajoutés aux cent soixante de départ, j'ai consommé cinq cent vingt litres de flotte municipale. Rapporté au prix du mètre cube, on arrive à trois francs d'eau. Seigneur. Ajoutons, quoi, deux francs de chauffage ? Ça nous fait le bain à cinq francs. Ah ouais. Quand même. Et c'est pour ça qu'ils me font chier.

Je vais vous dire, Lydia : il faut toujours avoir les chiffres, sur tous les sujets. Sans ça, vous vous ferez enfumer.

Peu après minuit, j'ai entendu la voiture de mes parents, puis la porte du garage. Aïe. Avec le ballon d'eau chaude à sec, si ma mère décidait de prendre une douche en rentrant, j'étais mort. L'eau froide, ça réveille les nerfs. L'idéal serait que je sois couché, qu'ils se disent bon, il dort, il prendra sa baffe demain matin. Je suis vite sorti de mon eau tiède et pas chère. Pas du tout fripé comme si c'était vous, parce que moi je suis imperméable. Le temps que je me sèche, ils étaient dans l'escalier et s'engueulaient comme souvent au retour d'une sortie dans le monde extérieur. Ils étaient déjà dans le couloir. J'étais coincé. J'ai éteint la lumière de la salle de bains.

— Sur un autre ton, disait ma mère à mon père, ajoutant qu'il avait trop bu.

Mon père confirmait, ajoutant que Madame allait devoir supporter son haleine de caviste toute la nuit. Sauf si Madame préfère peut-être qu'il aille dormir dans la chambre du petit.

Pardon ? C'est quoi cette idée à deux balles ? J'ai un lit une place, pour mémoire. Heureusement, ma mère est intervenue.

— Je te l'interdis, tu vois que boire, c'est jamais une solution.

J'aurais pu lui dire.

Mon père disait non, Joëlle, c'est pas une solution mais ça passe le temps. Quand tu comptes pas les verres, tu comptes pas les heures non plus, c'est marrant. Et ce Régis, il me sort par les yeux.

— Alors qu'est-ce qu'on foutait chez lui, à l'écouter déballer sa science sur le pinard, et sa grosse qui me tenait la jambe avec ses associations de soutien de jean-foutre ?

Jésus Marie Joseph. Je ne savais même pas qu'elle possédait autant de vocabulaire, ma mère. On se connaît pas bien en fait. Si ça se trouve on partage plein d'autres choses. Si ça se trouve on pourrait s'entendre.

Plus aucun bruit, la lumière du couloir s'est éteinte. Je suis enfin sorti, pour regagner ma chambre, sur la pointe des pieds. Je suis passé devant la cuisine, le salon, plongés dans le noir. Ils s'étaient couchés. La voix de mon père est alors venue de nulle part.

— Fais un effort. Il ne peut pas y arriver tout seul, c'est un gosse.

Ils étaient au salon, dans l'obscurité. J'ai eu, un quart de seconde, le réflexe d'y entrer. De dire vous voyez rien, de tourner l'interrupteur du plafonnier. Mais je me suis accroupi dans le noir, contre le mur, tout près de la porte. La voix de ma mère :

— Je ne peux plus le voir, c'est au-dessus de mes forces, il faut qu'il y retourne.

Et puis un soupir de mon père, et puis quelque chose, murmuré par ma mère. Je n'ai pas compris.

Elle, à nouveau :

— Moi non plus, je ne lui fais pas du bien. Regarde-le. Il est mieux à l'internat, la preuve.

Mon père :

— La preuve de quoi ?

Une réponse inaudible, ensuite un silence, et puis ma mère, à voix claire :

— Fabien s'en sortira.

J'ai allumé brutalement. Je lui ai flanqué la médaille du chat sous le nez.

— C'est quoi ça ? Lui aussi tu l'as donné ? Il est où ? Tu crois qu'il s'en sort ?

Je criais. Je ne crie jamais. Je lui ai jeté le truc à la figure. Elle avait donné mon chat, cette salope. Elle m'a regardé, elle m'aurait tué, c'est passé dans ses yeux, je l'ai vu. Elle est partie en courant.

Vous devez vous dire, docteur, ils sont d'un théâtral, dans cette famille. Ne généralisons pas. C'est surtout ma mère qui en fait des caisses.

— Va te coucher, Fabien, s'il te plaît, a soupiré mon père.

Et ça sonnait disparais du paysage, Fabien, s'il te plaît.

Je sentais monter cette délicate envie de mourir qui m'est si familière et qui ne prévient jamais. Comme par paresse, j'étais tenté de la laisser venir. C'est pas méchant, c'est surtout qu'après il faut s'en débarrasser, c'est long. Et à l'époque, je faisais ça tout seul. Sans pharmacie.

— Tiens le coup, suggéra Champion accidentellement doué de parole.

Merci. Je voudrais t'y voir. C'est pas ta mère qui te livre à la justice. T'en as pas.

Le lendemain, dimanche, il fallait se cogner un déjeuner chez Bonne Maman, pour la Pentecôte. La Pentecôte, c'est le cinquantième jour après Pâques et Bonne Maman, c'est une formule toute faite, en ce qui la concerne.

Je n'avais pas dormi de la nuit.

— On n'a pas idée d'avoir des valises pareilles sous les yeux à ton âge, estimait ma mère qu'avait pas vu sa gueule.

On y est allés à pied. Je me répétais dans le fort intérieur, Fabien s'en sortira. Fabien s'en sortira. Fabien s'en sortira par où, nom de Dieu ?

— Fabien, c'est fini de faire du surplace ? Et arrête de regarder tes pieds, c'est pour toi qu'on n'a pas pris la bagnole, pour que tu voies un peu de ciel bleu. Avance !

Fabien s'en sortira.

J'ai semé des cailloux blancs sur la route.

Non, c'est faux. Mais je sais pas comment écrire le sentiment d'abandon.

Bonne Maman a trouvé que j'avais maigri. J'étais déjà pas bien vaillant à cause de toutes ces lectures pas de mon âge et du manque d'activités de groupe, alors j'allais lui faire le plaisir de me remplumer à sa table. Dans sa tête, activité de groupe, c'est uniquement Scouts de France. Elle ne pense pas du tout à du football. Yves, qui est mon cousin fréquentable de l'université, a suggéré qu'on me foute la paix, il était sûr que je serais plus tard un tombeur, un prince. Comme si j'avais besoin de lui pour savoir que ça pourrait être que mieux. Ils me font rigoler. Yves m'a donné une tape dans le dos, et Bonne Maman a dit tu vas le casser en deux, et tout le monde s'est marré, et moi je pensais Fabien s'en sortira. Et on est passés au salon pour l'apéritif.

On était pas là depuis vingt minutes qu'ils ont parlé du drame. Le drame, c'est la vieille dame que j'ai assassinée, mais comme personne le sait et qu'il faut bien donner un nom aux choses, on dit juste le drame, et tout le monde pige en deux secondes. Vous pouvez essayer sur n'importe qui à dix kilomètres à la ronde, vous dites « le drame », personne ne pense à la guerre du Golfe, c'est Mme Claudel. Tout est toujours à hauteur d'homme ici, ça me tue. C'est pour ça que j'ai décidé d'aller à Manhattan, entre autres.

Bonne Maman rappelait les faits avec cette précision dingue qu'elle a quand elle n'y était pas. Le drame était survenu alors que le fils de Mme Claudel allait la coller aux Bleuets, et ça donnait tout de même à réfléchir aux voies du Seigneur. Bonne Maman se consolait en se disant que Mme Claudel, Dieu ait son âme par ailleurs, n'aurait pas pu vivre longtemps toute seule, et pas non plus avec les autres aux Bleuets, car elle se plaignait beaucoup trop, cette femme, de son vivant. Les autres légumes, pensionnaires, pardon, l'auraient rejetée. Et faible, et toujours un problème quelque part, et quand ce n'était pas le retard de la saison, c'était le programme de télévision, quand ce n'était pas la hanche, c'était va savoir quoi. Bonne Maman rendait grâce au ciel d'être en si bonne santé, levée au chant du coq, toujours un ouvrage sur le métier ou quelque chose sur le feu. Elle ne comprenait pas ces femmes qui trouvaient du plaisir à ne rien faire. Elle voulait qu'on finisse le pâté de tête. Bonne Maman pouvait détruire les gens avec beaucoup de familiarité en continuant à manger. J'ai jamais vu quelqu'un bâfrer comme ça.

Quoique pour Mme Claudel, ce n'était pas entièrement de sa faute, si elle se traînait, avec son poids, poursuivait Bonne Maman en collant d'office le reste de pâté dans l'assiette d'Yves. Pensez qu'elle devait avoir le cœur gros, cette pauvre femme, d'entendre crier les parquets au moindre pas, c'était une chose dont elle était libérée au moins. Enfin il y a des gens, c'est comme ça, la vie n'y veut pas tenir. Alors non, les Bleuets, ce n'était vraiment pas la solution. D'abord la maison de retraite, c'est l'autre nom du cimetière, avec des frais.

— Maman !
— Bonne Maman !
— Mais si, mes enfants.

Bonne Maman a déclaré qu'on ne l'y verrait jamais, elle, en maison. Et elle a demandé à ses fils ici présents de la laisser mourir proprement dans son lit sans gêner personne, peut-être même devant ses fourneaux, comme elle a toujours vécu. Mon père et mon oncle ont juré car Bonne Maman ne supporte pas la contradiction, elle n'a pas atteint cet âge-là sans broncher pour se faire contredire par ses enfants.

En résumé, ce qu'elle voulait dire, c'est que Mme Claudel n'était pas plus mal où elle était, et que tout le monde avait fait des économies avec cette histoire.

Fabien s'en sortira.

Le sanglier est arrivé avec ses patates autour. Mon oncle l'avait eu la semaine dernière à l'ouverture de la chasse, et le sanglier ne l'avait pas vu arriver :

— Il était là, dans sa merde, peinard, à croire qu'il n'attendait que mon coup de fusil.

Mon oncle précisait qu'en général il était un de ces chasseurs qui n'avaient qu'à se servir. Et en se marrant, en disant hein, il regardait ma tante, qui regardait son assiette.

Fabien s'en sortira.

Bonne Maman est repartie sur les Claudel. On avait eu un peu de répit en parlant du sanglier. Elle avait appris certaines choses, ce matin à la boucherie, en allant chercher ce pâté de tête, spécialement pour Yves, qui voulait pourtant lui laisser sur les bras. Elle avait appris que M. Poliva allait muter M. Claudel, le fils de la morte, dans sa filiale de Châtillon. Une belle promotion pour un ouvrier de la onzième heure. Trop. Poliva, qui a toujours eu le nez creux avec les gens, devrait pourtant savoir qu'on ne fait pas le vin nouveau dans les vieilles outres, mais enfin, c'est comme il veut, n'hésitez pas à ajouter la sauce. Il est un peu sec ton sanglier, Jean-Claude.

De fait, les Claudel allaient déménager, car on ne ratait pas une opportunité pareille quand on savait qu'on ne la méritait pas, approfondit Bonne Maman citant ici Bon Papa qui est mort en laissant une chiée de phrases comme ça, sur la vie. Et aussi d'autres sur le général de Gaulle, plus difficiles à caser.

Fabien s'en sortira.

Les Claudel allaient pouvoir vendre la maison de leur mère et, l'un dans l'autre, reconnaissait Bonne Maman, ils ont de la chance ces gens-là. Quand on sait pas bien travailler, il vaut mieux avoir de la chance, retiens ça, Fabien, et mange, je suis en cuisine depuis six heures du matin, moi. Elle disait ça en regardant ma mère qui ne s'appelle pas Fabien que je sache. Les Claudel n'étaient pas tout à fait clairs dans cette histoire, notait Bonne Maman : ils avaient retiré leur plainte, cette semaine, affaire classée. De là à penser qu'ils avaient eux-mêmes effrayé la vieille pour le magot, il n'y avait qu'un pas. Et Bonne Maman demandait à ce qu'on ne le franchisse pas dans cette maison de bons chrétiens, merci d'avance.

Fabien s'en sortira.

J'ai essayé d'atteindre les toilettes à temps, mais j'ai vomi dans le couloir. ça faisait longtemps.

Ma mère m'a installé au-dessus de la baignoire, des fois que ça me reprenne. Le front contre la céramique me faisait du bien et la nausée passait doucement, quand quelqu'un a eu l'idée de me mettre de l'eau froide sur les cheveux, les gens ne réfléchissent pas. J'ai donc encore vomi. Bonne Maman disait qu'on n'en verrait jamais la fin, ma mère nettoyait la moquette, et je me suis mis à pleurer. Ma mère a dit alors quelque chose d'énorme.

— Pleure, mon bonhomme, pleure.

Bonne Maman a levé les bras au plafond, tellement ce n'était pas comme ça qu'on élevait les hommes. Ma mère m'a lavé le visage, elle m'a séché les cheveux avec une serviette, je n'arrivais pas à arrêter les larmes, et ma mère me disait dans l'oreille je sais, je sais, je sais.

Putain si elle sait, qu'est-ce qu'elle attend ?

— Il est fragile, cet enfant, s'énervait Bonne Maman, ce n'est pas de chez nous qu'il tient une nature comme ça, si ?

Bonne Maman a une capacité extraordinaire à mettre la poutre dans l'œil de son prochain, elle ne rate jamais son coup. Elle vaporisait de l'eau de Cologne, dans l'air, sur mes vêtements, dans mes yeux, que j'ai cru que j'allais prendre feu. Bonne Maman s'agite quand elle ne comprend pas ce qui se passe, elle peut entrer dans des colères noires si on ne la laisse pas au centre du monde. Non, ce n'est pas de chez nous des natures comme ça, pardon, si je regarde Yves, je ne vois pas un fragile, pardon.

Elle avait tellement peur que je lui mette ça sur le dos. Ou sur celui du sanglier. J'y avais même pas touché à cet imbécile en sauce.

— C'est de ton côté qu'ils sont comme ça, aussi fragiles, Joëlle ?

Il n'y a personne du côté de ma mère. Même pas moi.

— Il faut croire, a dit ma mère, très doucement.

Bonne Maman s'est décomposée.

— Je ne voulais pas dire ça. Pardonne-moi, ma fille.

La principale information de ce dimanche, qui ne m'est revenue qu'en m'endormant, c'est que j'étais tranquille. Plus de plainte, plus d'homicide. Amadeus m'avait dit que ça pouvait arriver. Parfois les crimes sont gratuits, mon garçon, les gens ont la flemme de demander, alors la société oublie et ça passe en perte et fracas, avec la caravane. Limpide, le vieux, un oracle. Dès que je sors, le premier truc que je fais, c'est retrouver Amadeus. Parce que je sortirai. Ne vous faites aucune illusion.

Quand je me suis réveillé, ma mère était à mon chevet et me serrait la main. J'ai regardé partout. Elle n'avait apporté ni mon manteau, ni ma valise. Il ne s'agissait donc pas de me dire au revoir poliment. Je me suis assis dans le lit. J'ai vu mon père planté dans l'encadrement de la porte.

— T'es là depuis longtemps ?

Elle m'avait collé, dans le creux de la main, le collier et la médaille d'Alfred.

— Tu la veux, c'est ça ?

J'ai compris qu'on ne le reverrait plus. Il avait dû passer sous la bagnole. Je suis resté digne. Après tout, ce n'était qu'un chat.

Et puis sans prévenir, ma mère m'a enlacé et m'a serré très fort. J'étais vaguement inquiet, si jamais elle voulait m'étouffer ? Par-dessus son épaule, je regardais mon père. Il avait sa tête de l'hôtesse Air France qui sait qu'on va se crasher, mais qui est payée pour continuer à sourire. Ça n'a pas contribué à me rassurer. Ma mère me serrait de plus en plus fort. Et puis j'ai compris. Il n'était pas question de m'étouffer dans l'œuf, c'était autre chose, de très différent, de beaucoup plus doux. Je ne savais pas quoi lui dire, elle non plus, on manquait d'entraînement. J'ai eu alors une idée géniale. J'avais appris notre chanson, celle de la maternité, depuis que je l'avais lue sur la corde à linge de Mamie. J'ai commencé, tout bas :

— *Ti amo, un soldo.*

Elle m'a lâché brusquement, effarouchée. Elle a essayé de s'enfuir mais j'avais toujours sa main, je la tenais.

— Joëlle ! a dit mon père.

Ma mère l'a regardé. Un chevreuil dans les phares. On a rien sans rien, des fois faut forcer, j'ai repris :

— Allez, *Ti amo, un soldo.*

Elle a fermé les yeux, pour cacher ses larmes, mais à cette distance, c'est dur à cacher.

— *Ti amo, un soldo, ti... ?*

— *... amo, in aria. Ti amo, se viene testa, vuol dire che basta.*

Elle puis elle s'est tue. De toute façon, il n'y a que le refrain de valable. J'ai adressé un sourire de vainqueur à mon père. Il était parti.

Je devais reprendre le collège le lundi suivant, après trois semaines d'absence. Ces trois semaines consacrées dans une vie d'homme à apprendre la féodalité comme système aristocratique, le théorème de la droite des milieux et sa réciproque, je les avais intensément ratées. Je vous dirai dans dix ans si ça m'a coupé les ailes.

Afin de limiter les dégâts sur mon cursus, Étienne avait eu l'idée d'organiser chez lui un, je cite, « week-end de rattrapage amical », centré sur le programme d'histoire et de mathématiques. Personne n'a jamais dû prendre le temps d'expliquer vraiment à Étienne la notion d'amitié. Ni celle de week-end.

Il avait vanté mon vocabulaire et ma propreté à ses parents, qui avaient téléphoné aux miens, qui avaient d'abord beaucoup hésité. Avant d'accepter. Sous condition de tondre la pelouse, ranger ma chambre, faire les vitres et je ne sais plus quoi. Ah oui, lessiver la bagnole. Mais ils avaient accepté. Ce qui, à l'échelle de ces deux dernières années, était une sorte de miracle. Quelque chose qui ne peut pas arriver, donc. Aussi, le samedi à midi, ma mère s'est levée pour s'opposer catégoriquement à mon départ, elle avait réfléchi. Elle était sûre que j'allais raconter n'importe quoi à ces gens qu'on ne connaissait pas, que ces gens se feraient alors des idées sans savoir et parleraient trop à d'autres gens qui peut-être, eux, nous connaissaient.

— À qui tu penses ? a dit mon père qui avait déjà sa veste sur le dos. Et qu'est-ce que tu veux qu'il raconte ? T'as pas remarqué qu'il n'en parle jamais ?

Bien sûr, ce n'était pas ce qu'il fallait répondre, j'aurais pu le prévoir. Mon père, je le soupçonnerais presque de faire exprès. Après tout, il a eu quinze ans pour se faire une idée de ce qu'il peut dire ou pas, qu'est-ce qu'il cherche à la fin ? Après tout je m'en fous, c'est sa guerre, pas la mienne. Ma mère n'a pas aimé ce que mon père avait l'air de dire. Elle a dit qu'en région parisienne, c'est sûr qu'on pourrait raconter ce qu'on voudrait, on ne serait personne. Mon père a dit mais bordel, t'as une voiture, vas-y à Paris, tu verras.

J'ai dit voilà, bonne idée, et comme Paris c'était sur l'A4, ce serait l'occasion de me déposer chez Étienne et bonne chance pour la suite. J'ai pris l'air aussi con que possible, laissant ainsi planer le doute sur l'insolence de ma remarque. C'est quelque chose que je maîtrise aussi bien que l'anglais : mettre en circulation des vacheries dans une conversation à propos de rien. Ça permet d'être violent sans que ça se voie, ça défoule. Je vous donne le tuyau pour ce qu'il vaut. Je fais aussi du vélo comme un dératé dans les bois, régulièrement, et, l'un dans l'autre, ça m'évite de devenir fou. Quoique en ce moment on me passe beaucoup de choses, je me permets à peu près un coup d'état par jour, sans trop de conséquences. J'ai l'impression que si j'avouais le meurtre, ça passerait comme une lettre à la poste. Je ne suis pas assez couillon pour le vérifier.

Mon père a dit qu'il allait m'y emmener, chez cet Étienne, ça ferait des vacances à tout le monde. Ça ne l'arrangeait pas plus que ça, deux heures aller-retour d'autant qu'il ne pourrait pas éviter de s'arrêter au retour chez un concessionnaire des environs. Au total, ça allait lui prendre son samedi, mes mondanités, est-ce que j'avais pensé à ma mère qui voulait peut-être de la compagnie ?

— Ça ira, a dit ma mère.

J'ai pris les clés, je suis descendu faire chauffer le moteur, on n'était pas en avance.

Étienne habite un patelin où toutes les maisons sont neuves, beiges et identiques. Les rues portent des noms de fleurs, s'intitulent « allées » et font des dos-d'âne tous les cinq mètres, les arbres sont taillés en boule et, dans l'ensemble, on dirait du Playmobil géant. Étienne se situe au 9 allée des Hortensias, ce qui est parfaitement ridicule. Chez nous, on est rue de la Deuxième-Division-Blindée, ça envoie davantage. J'aime bien l'écrire au dos des enveloppes, rue de la 2e D.-B. J'ai l'impression d'y être pour quelque chose.

Au 9 allée des Hortensias donc, mon père ne m'a pas accompagné à la porte parce que je suis grand, n'est-ce pas ?

— Comment ça ? j'ai dit, la main sur la poignée de la porte.

Les discussions qui commencent par tu es grand, il faut toujours faire un peu gaffe. Surtout dans ma situation juridique.

— Quand on sent la clope comme ça, c'est

qu'on est grand, Fabien, c'est qu'on est capable de se présenter soi-même, non ?

Fausse alerte. J'ai dit oui, sûrement, et j'ai foutu le camp plutôt que d'avoir une conversation qui ne m'apprendrait rien sur la cigarette.

C'est Étienne qui m'a ouvert. Sa mère est arrivée derrière lui en tablier, en tailleur, avec des gants en caoutchouc et des escarpins, ce qui est une tenue que je ne connaissais pas encore. Comme quoi il faut sortir de son trou, ma mère a raison.
— Geneviève.
— Fabien.
Elle m'a serré la main avec le gant, elle s'est excusée pour le flacon d'Ajax et le chiffon sur la console de l'entrée, ici le samedi on fait les vitres. J'ai dit c'est marrant, moi aussi, je pensais qu'on allait papoter un peu. Mais Geneviève nous a proposé illico de commencer le stage, on était là pour travailler. Elle s'est remise à ses vitres, sans autre tralala.

J'ai suivi Étienne dans l'escalier jusqu'à son « bureau ». Parce qu'il a un bureau, le mec, je veux dire en plus de sa chambre qui ressemble déjà à une salle de classe. Et dans son bureau, il a un Amstrad, une mappemonde et des dictionnaires sur tout. Les parents d'Étienne ont un projet très clair pour Étienne, ça fout les jetons.

Je ne vais pas m'étendre, parce que je ne me suis pas senti très à l'aise dans cette maison qui n'est pas faite pour être habitée, ça se voyait, seulement pour ne pas être dérangée. Ça sentait l'Ajax et le produit pour faire briller les meubles à plein nez, j'en étais tout endormi, ça shoote, ces cochonneries. J'aurais été aussi bien chez moi et ça m'a fait plaisir de le savoir. Étienne lui-même n'avait pas l'air très bien dans son habitat naturel, on aurait dit un invité aussi. C'est très petit et très ordonné, avec des pétales séchés dans des bols, énormément de rideaux, énormément de moquette. Mais on n'a rien dit de la maison d'Étienne, si on n'a pas parlé du motif du papier peint. Ce sont des canards sauvages, vert foncé. Des nuées de canards sauvages, partout, partout, que ça m'a donné envie d'attraper un fusil et de faire un carton.

Je sais, Lydia, c'est complétement anormal comme idée. Mais si j'étais normal, on ne serait pas là, vous et moi.

On s'est ennuyés dans son bureau jusqu'au goûter avec un livre de maths et les nombres relatifs, plus tard, on a presque rigolé avec les Médicis, en se forçant un peu. On s'est ennuyés à nouveau au salon jusqu'au dîner, avec un Trivial Pursuit Genus et son père, Claude, qui se déplace en chaussettes et qui triche. Il répond uniquement aux questions Géographie ou Politique, et s'il tombe sur Sport ou Vie et Nature, il dit on passe, et relance les dés sans demander. Forcément à ce train-là, son camembert a été rempli très vite. J'ai été poli le temps d'une partie, mais quand Claude a voulu recommencer, j'ai dit qu'il fallait pas déconner et je me suis levé. Je sentais que Champion avait besoin de se dégourdir, d'urgence. Je suis monté à l'étage au prétexte d'aller pisser. J'en ai profité pour visiter, j'aime bien voir les chambres des gens. Il y avait une porte qu'Étienne ne m'avait pas ouverte au moment de la visite, du coup j'arrêtais pas d'y penser. Je l'ai ouverte. C'était une chambre d'enfant, de petit. Avec un lit à barreaux et des chevaliers sur les murs, un mobile suspendu, des étoiles peintes au plafond, et surtout Geneviève, assise sur un tapis à pois, qui pleurait dans ses mains. Merde alors.

J'ai refermé la porte immédiatement. Des fois on est trop jeune. Qu'est-ce qu'on fait dans ces cas-là ? On va chercher Claude ? Ce tricheur devait être encore dans le salon, occupé à lire d'avance les réponses du Trivial afin de pouvoir, plus tard, humilier des enfants. Je lui dirais, pudique : votre femme est en haut, il semble qu'elle ait un problème. Ou encore, efficace : lève ton cul, tricheur, y a maman qui dérape. Mais si Geneviève souhaitait précisément rester cachée ? Si elle voulait du public, elle aurait pleuré au salon, après tout ? C'est vrai ça. Du coup, je suis redescendu et on a fait la revanche, laissant ainsi à Geneviève le temps de se remettre. C'est fou comme je suis bien élevé.

À table je ne parvenais pourtant pas à la regarder. On a eu un poisson en croûte. En mon honneur, a précisé Geneviève, parce que je dois mériter ça, ça m'étonne pas. Étienne ne mangeait pas beaucoup plus qu'au réfectoire mais ne diffusait plus les nouvelles, c'est surtout son père qui parlait. Geneviève faisait des va-et-vient à la cuisine, on ne l'a, pour ainsi dire, pas vue. Au dessert, Claude a réalisé que j'étais le premier petit invité d'Étienne et que lui et moi on s'était bien trouvés. Étienne a dit viens on va dans mon bureau, s'avancer sur tout ce qui est parallélogramme. J'ai dit je préférerais qu'on me ramène chez ma mère.

CINQUIÈME CAHIER

On approche de la fin, Lydia, je suis tout excité. Ça sent l'écurie.

Peu à peu, on a cessé, en ville, de parler de Mme Claudel. Le cours des choses est impitoyable et tant mieux. D'autres sujets sont venus dans les conversations. En Corse, par exemple, un stade mal foutu avait écrasé son public lors d'un match de championnat. Dix-huit morts. J'ai pas eu le droit de les voir à la télévision, pour protéger la sensibilité du jeune public. Une précaution désormais assez superflue dans mon cas, mais j'apprécie. Dix-huit morts, deux mille trois cents blessés, les gens n'en revenaient pas, c'était inimaginable, des atrocités pareilles, par négligence, pour du pognon. Mais les gens s'attendent à quoi, exactement ? Même moi, je suis capable d'imaginer des atrocités pareilles, par négligence, pour du pognon.

La maison de Mme Claudel a été vendue. Très en dessous du prix du marché, selon Bonne

Maman qui le tenait de Maître Ravin par l'intermédiaire de sa secrétaire, mais c'est pareil, l'information est en béton. Une parente de M. Poliva avait emporté la bâtisse lors de la saisie, pour dix mille francs. Des enchères à ciel ouvert, animées par Maître Ravin. Dix mille francs ou pas, personne ne s'était bousculé pour la baraque, paraît-il, rapport au décès non élucidé. Un décès non élucidé, c'est tout de suite des suppositions de revenants, il n'y a pas de XXe siècle qui tienne, on trouve encore pas mal de Moyen Âge dans la tête des gens. C'est ce qui effraie le plus les agents immobiliers, les revenants. Ça vous coule un marché, avait confié Maître Ravin à Bonne Maman. Par l'intermédiaire de son personnel de bureau toujours.

Le cours des choses m'avait aussi ramené au collège, comme la marée, comme si j'avais rien fait. Le cours des choses est extraordinaire.

À l'horizon national, le chômage atteignait dix pour cent de la population active, du jamais-vu. Big Moon nous l'a balancé en début du cours, sans ménagement, voire avec un certain plaisir, nous expliquant qu'on l'avait dans l'os pour deux générations. On vivrait chez nos parents. Personnellement, je m'en fous, le travail à Manhattan, je n'aurai qu'à me baisser, trompettiste, étoile de cirque, danseur de claquettes, c'est pas un sujet. Mais envoyer ça à la face des gosses pas spécialement programmés, tu vas vivre chez tes parents, c'est de la cruauté pure et simple. Même si c'est vrai. J'ai hésité à lâcher Champion sur cette brute, ça me l'aurait remis en jambes. Mais c'était gâcher des forces vives.

J'ai retrouvé un Étienne au fond du trou. Je n'avais pas vu, le week-end dernier, à quel point il s'était détérioré. Sa relation avec la radio avait pris des proportions impressionnantes, il n'y avait plus de place pour personne. Il écoutait, depuis maintenant des semaines, les journaux parlés comme un fou, collé à son bidule en permanence, m'a-t-on dit, y compris aux chiottes, au réfectoire avec les écouteurs. Étienne se contentait de recevoir le monde en temps réel, sans digérer, pour sa gueule. Il n'a jamais informé personne de l'ouverture du parc Euro Disney, par exemple. Sûr qu'il explosait son audience avec ça.

J'ai songé que, peut-être, on n'avait jamais dit à Étienne à quel point il était utile. Il paraît que c'est important, mon oncle le rappelle toujours à son drahthaar avant la chasse. Il se met devant lui, à sa hauteur, et lui parle sérieusement : j'ai besoin de toi, Bobby, je ne saurais pas attraper une poule d'eau avec les dents, tu es indispensable, Bobby. Et Bobby, remonté comme un coucou, redouble d'efficacité et livre un canard mort dans l'heure. Sur ce principe, j'ai pris Étienne entre quat'z-yeux, au dîner.

— Étienne, regarde-moi, enlève tes écouteurs, tu vas m'écouter.

Il a levé les yeux de sa purée, s'est débouché les oreilles. Je tenais le bon bout. Mais Arnaud a choisi ce moment pour accoster notre table.

— Ce cher Fabien, qu'il me dit, surpris et distingué, ça va mieux ?

— Je pète la forme, que j'ai exagéré. Si tu as besoin de quoi que ce soit, je suis là.

Il a dit ça devrait se présenter, et autres cordialités typiques des retrouvailles, a demandé la permission de s'asseoir. Mais assois-toi donc. Arnaud a posé son plateau en face du mien, à côté d'Étienne. Lequel malotru s'est aussitôt levé, laissant là son assiette à peine entamée. Très goujat, très sûr de ses opinions sur les gens. Tellement je t'emmerde, que j'en étais gêné.

Il était déjà dans la chambre, quand j'y suis moi-même revenu. Je ne l'ai pas loupé.

— Alors, je veux bien que tu sois différent, Étienne, je veux bien que tu aies tes têtes et que tu sois un gros snob, mais là tu passes les bornes. Arnaud n'est pas l'ordure que tu imagines. Il pouvait m'envoyer au trou, il ne l'a pas fait.

— Pour la...

— J'ai pas fini. Sache que c'est un seigneur.

— Pour la nuit du 8 mars ?

Comment il sait ça, lui ? Ben, tiens, il a compris tout seul, comme d'habitude. Étienne ira loin et parfois je me demande s'il n'est pas déjà arrivé.

— C'est ça, j'ai dit.

Avec les esprits supérieurs, ce n'est pas la peine de lutter. Je lui ai donc raconté la nuit du 8, il y a tout de même des détails qu'il n'avait pas. Le bocal, la sauce tomate, la vieille, ma cavale. Il m'écoutait avec cette tranquille concentration de fayot dont il ne se départ jamais.

— Alors, d'accord, j'ai conclu, il n'y a plus de plainte, donc plus d'affaire. Mais si Arnaud veut aller aux flics, il peut encore. C'est pas comme si j'étais officiellement blanchi.

— La nuit du 8 mars à vingt-deux heures, tu étais dans ton lit.

— T'y étais ? j'ai rigolé.

— Oui.

— Allez, ta gueule, j'ai moins rigolé.

Parce que ça va bien, les vannes d'intellectuel.

Il a répété t'y étais, avec l'assurance de $2 + 2 = 4$. Il pouvait jurer que je n'en avais pas bougé dès l'instant où j'étais rentré, après le dîner. Je m'étais couché tout habillé, un peu éméché, je l'aurais réveillé pour lui expliquer à quel point Arnaud et Maxime étaient des gens formidables mais qu'ils dînaient ce soir à l'extérieur. Serrant ma photo dans les bras, je lui avais parlé d'un cerf, un cerf mort, qu'il n'aurait pas pu inventer. Et puis je m'étais mis à chialer comme un veau, il était venu s'allonger contre moi, je lui avais dit qu'il était trop chaud, trop osseux, je lui avais demandé de rester. À vingt-deux heures, heure supposée de l'effraction, j'étais en larmes et dans ses bras depuis une heure, je m'accrochais à lui, un noyé. Alors pourquoi tu veux raconter autre chose, pourquoi tu joues les fous de plus en plus, pourquoi tu parles pas, je sais pourquoi, mais arrête maintenant, et pourquoi t'as pas voulu dormir à la maison samedi dernier ?

Parce que tu délires. Parce que je ne sais pas dans quel pieu tu es allé te fourrer la nuit du 8, mais c'est pas dans le mien. Et j'ai pas voulu rester dormir dans ta maison Fisher-Price, parce que j'ai chopé la mère de famille dans des états pas décents, l'un dans l'autre, je la ramènerais pas trop, à ta place. Mythomane, fils de pute.

J'étais pas mal remonté comme vous pouvez le constater. Avec le mal que je me donnais pour ne pas devenir fou en dépit de mon environnement, qu'un déséquilibré comme Étienne, fils de déséquilibrés, vienne me dire que je perdais les pédales, ça me foutait hors de moi. Et c'est qui Étienne d'abord, pour savoir qui est coupable et qui ne l'est pas ? Depuis quand les journalistes prennent ce genre de libertés ? Qu'est-ce que ça peut lui foutre, que j'aie tué quelqu'un ? Ça ne change pas la face du monde, ça n'empêchera pas Radio France d'émettre, il peut continuer à vivre et m'oublier.

Je lui criais tout ça dans la face, Étienne m'opposait sa pâleur d'aspirine, un silence de tribunal. C'est sa façon à lui de se défendre, redoutable. Je montais dans les aigus, perdais ma voix à force de gueuler ses quatre vérités à Étienne qui refusait de les encaisser.

— Quelle chambre ? Quoi, ma mère ? Elle va très bien, ma mère.

Si encore il m'avait cogné. Je ne sais pas, un coup de genou dans les couilles ou même un doigt dans l'œil, quelque chose, que je puisse lui casser la gueule entre hommes, ça nous aurait fait un bien fou. Cette saleté n'a pas bougé le petit doigt. Champion s'est impatienté, il lui en a collé une.

Non, rien, juste un léger coup de griffe sur la joue. Étienne n'aura pas de marque.

Deux heures plus tard, Étienne avait déménagé chez Arnaud et moi je récupérais Maxime. On ne pouvait pas rêver d'un aménagement plus con. J'ai demandé à Conrad s'il le faisait exprès, j'ai ajouté trou du cul, espérant ainsi le convaincre de se battre. Il me fallait un volontaire, j'aurais défoncé la terre entière à mains nues. Conrad a proposé de m'administrer une douche froide. J'ai failli accepter.

— Alors va faire un tour, m'a-t-il ordonné, tu rentreras quand tu seras calmé et demain on ira parler chez le directeur. C'est pas possible, un sauvage pareil.

Je me suis calmé dehors. Ça m'a pris quarante-cinq minutes, la fin de mon paquet de clopes et j'ai détruit une mobylette qui ne faisait pas partie de l'histoire, qu'était juste sur ma route. À bon entendeur, salut.

Quand je suis revenu, Maxime était sur son lit usurpé, avec une revue de garçon coiffeur. Je passe sur les politesses qu'on ne s'est pas faites, la place que je ne lui ai pas laissée dans l'armoire. Maxime m'a dit faut que ça s'arrête, tu me fous les jetons, t'y étais pas chez la vieille.

— Hein ?

J'ai appris ce qui suit, entre vingt-trois heures et neuf heures du matin.

La nuit du 8, selon Maxime, j'étais rentré seul à l'internat. L'effraction, c'était eux. Ils voulaient continuer à boire, parlaient de se faire inviter quelque part à dîner, faisaient en résumé les imbéciles, deux internes ordinaires, un mercredi soir ordinaire. Ils ne connaissaient pas cette maison, la pensaient vide. Ils n'avaient pas été plus loin que le garage. Ils avaient trouvé, dans un cageot, un litre d'alcool de prune, s'étaient finis avec, sur la pelouse, en soldats. La vieille, ils ne l'avaient pas croisée. Elle était morte par voies naturelles, a priori dans la nuit, un peu avant ou un peu après leur visite, avec ou sans rapport. Probablement sans. Tout ce que je leur avais raconté le lendemain, la cuisine dévastée, la vieille écroulée dans la sauce tomate, ils ne savaient pas où j'avais été chercher ça. L'affaire Omar M'a Tuer m'avait sans doute atteint le ciboulot, diagnostiquait Maxime que je n'aurais pas imaginé capable de ce genre de raisonnement. Les flics savaient depuis un moment. Mais on ne guillotine pas deux adolescents pour avoir piqué de la prune et mis des coups de pompe dans une porte de garage. Tout s'était arrangé entre le fils Claudel, Dieu le père et celui d'Arnaud Poliva. L'un avait retiré sa plainte, l'autre avait mis à son fils la raclée de sa vie, que la mère Poliva s'en serait évanouie. Le journal local avait titré en dernière page « Une coïncidence élucidée ».

— T'étais malade, t'as pas su. T'ont pas dit, tes darons ? Arnaud se demandait si tu jouais au plus con.

Ça s'appelle le recoupement des témoignages, dans la police. Ça veut dire que c'est vrai, qu'il faut pas insister.

Comment je me sentais, je ne peux pas vous le dire, Lydia, parce que ce sont des choses qui ne s'écrivent pas. C'est comme si on m'avait enlevé ce qui comptait le plus, la faute, alors qu'avant je l'avais pas. J'aurais voulu, plus que tout, avoir tué la mère Claudel, comme ça j'aurais su qui j'étais. Celui qui avait tué la mère Claudel. Je me serais arrangé avec ça, en Amérique.

Mais attendez, c'est pas fini.

Le lendemain, à huit heures même pas sonnées, Conrad m'a accompagné, m'a poussé pour être exact, dans le bureau du directeur. Conrad m'a collé sur un siège, gardant sa main sur mon épaule. Je déteste qu'on me touche, faut le dire comment.

— Tu veux pas me braquer un spot dans la gueule, aussi ?

— Je sais que c'est difficile, a commencé Vachelet avec une haleine de saut du lit très éprouvante, je veux bien t'aider, Fabien, il va falloir m'aider également.

De quoi il parle ? On a déjà de la chance qu'il m'ait pas appelé Alexandre ou Jean-Philippe, remarque. Mais comme ça ne m'intéressait pas de savoir avec quel autre Fabien il me confondait, je suis rentré dans le fort intérieur et j'ai attendu que ça passe en regardant le presse-papier de Vachelet. C'est un cube en verre, plein, très lourd avec une photographie d'enfant prisonnier à l'intérieur. Quelque chose qui vous fend le cœur, vu de près.

— C'est le gosse de Pauline ? j'ai demandé, le bâtard ?

— Pardon ? Fabien, arrête de faire l'idiot. Tu m'écoutes ?

J'ai soulevé le cube. Un âne mort.

Vachelet a repris.

— Pourquoi tu ne vas plus aux rendez-vous avec la conseillère psychologique ? Personne ne te forcera, mais pourquoi ?

Parce qu'on a rien à se dire avec cette pauvre fille. J'en étais à m'attribuer les exploits de Fosco Zaga l'enchanteur, pour qu'elle ait quelque chose à noter. Désolé si à moi il ne m'est rien arrivé de littéraire.

— Fabien, réponds-moi, pourquoi ? Tu veux parler à qui ?

— On fait quoi, avec toi ? a voulu participer Conrad. Les heures de colle, tu les fais pas, tes copains, tu les éborgnes. Même ta maman, elle dit qu'elle peut rien pour toi.

— Vous me l'apprenez.

Champion a décidé que ce bureau était irrespirable. D'un bond, j'étais dans le couloir. J'entendais Vachelet s'énerver, vous trouvez que c'est une formule appropriée, Conrad ? Allez me le chercher, imbécile.

J'ai couru.

Je me suis retrouvé sur l'avenue Émile-Loubet. Je l'ai remontée en courant, jusqu'aux premiers numéros de la rue Jules-Grévy, qui file vers la Z.a.c., juste avant la Nationale, celle qu'on prend pour sortir d'ici. Il m'est venu naturellement de faire du stop. Une dame m'a pris très vite dans une Renault 18 break, le modèle à gros derrière pour trimballer de la marmaille. Beige, moche, qui sentait le chien mouillé des sièges, mais l'essentiel, c'est que ça roule et que ça obéisse. Je suis monté.

— Vers la mer, s'il vous plaît.

Elle m'a demandé d'où je venais. J'ai dit la vérité, car il n'y a pas de honte. Je venais du collège Notre-Dame-de-la-Convention, d'excellente réputation. Il fallait à présent me rapprocher de l'Atlantique et que ça saute.

Vous n'allez pas le croire. La Renault 18 m'a déposé où ? Au collège. Pure collaboration gratuite. On ne se connaissait même pas, on pouvait encore tout l'un pour l'autre, mais non. Elle a préféré m'enfoncer. J'ai dit je vous demande pas où vous étiez en 43, expression favorite de Mamie pour remballer les voisins avec une efficacité chaque fois vérifiée. Elle m'a dit c'est ça, remercie-moi de pas t'avoir conduit aux gendarmes.

Comme si j'avais besoin d'elle pour rencontrer des gendarmes. Connasse.

M. Vachelet m'attendait au portail.

— Je préfère ça. On passe l'éponge. File en cours, tu pourras récupérer ta photo plus tard. Je viens d'avoir ta mère, je vais la rappeler, je vais lui proposer de nous accompagner à la retraite, il reste des places dans l'autocar, qu'en penses-tu ?

Vous rêvez. Elle ne viendra pas. Elle n'aura rien à se mettre, elle aura autre chose à faire. Tuer des chats, faire des siestes, recoller un vase.

D'après les communiants des années précédentes, cette retraite, c'est Woodstock. Parfait. Je vais revenir sur mes préjugés concernant le K2r, me taper la bouteille, et voir ce que ça donne.

Au risque de vous étonner, la butte des Saints du Dernier Jour ne se trouve pas dans le Nouveau Testament, mais dans la Meuse, grand quart Nord-Est, 55. Il faut, pour s'y rendre, un autocar. Et dans un autocar, c'est exactement comme en classe : les intellos devant, Arnaud et ses soudards au fond, avec de l'alcool dans des gourdes que ça puait jusqu'ici, et les adultes qui ne sentent rien parce qu'il n'y a pire aveugle qu'un parent d'élève qui ne veut pas savoir. À l'avant, Big Moon prenait deux sièges comme son nom l'indique, derrière lui, la sœur Marie-Aude dormait, Mlle Weiss était sur la même rangée avec tout son parfum. Près d'elle, la mère de Constance Burre. Et la mienne. Qui n'arrêtait pas de me faire du rentre-dedans, me caressant les cheveux à tour de bras, comme si c'était pas trop tard.

Vachelet et Bobonne suivaient en voiture, avec Pauline sur la banquette arrière, qui ne préparait pourtant pas sa communion avec nous.

— Tu penses bien qu'ils peuvent pas la laisser toute seule à la maison avec le diable au corps et le téléphone pour inviter des hommes mûrs, supputait la mère de Constance, en se limant les ongles au sang.

Mme Poliva était également venue par ses propres moyens qui étaient, ce mois-ci, une BMW. J'avais essayé, au départ du collège, de monter avec elle en clandestin. Mais elle m'avait vu embarquer.

Étienne, une main sur le siège du chauffeur, l'interrogeait pour la quatrième fois sur l'itinéraire. Le chauffeur, un barbu à queue-de-cheval que personnellement je n'aurais pas déconcentré, l'envoyait se rasseoir pour la quatrième et dernière fois, précisant qu'il avait le permis et une carte routière, si nécessaire.

Ma mère n'en finissait plus de tenir son rôle.

— Si tu te sens mal, Fabien, tu le dis, promis, tu n'attends pas ?

— Il est malade ? s'intéressait la mère Burre.

Elle se ponçait les mains depuis maintenant une demi-heure, insupportable, je me retenais d'intervenir.

— Il a toujours eu le mal des transports, toujours. Vous l'avez en voiture, faut s'arrêter tous les quarts d'heure, vous n'en voyez pas le bout.

Le mal des transports. C'est la dernière, celle-là. Et dans quel monde elle s'arrête tous les quarts d'heure pour mon confort personnel ?

— Tu confonds, j'ai dit. C'est pas moi.

— J'ignorais qu'il y avait plus mère poule que

moi, s'étonnait la mère Burre, vous le couvez toujours autant, Joëlle ?

— Oui un peu, j'avoue.

Mieux vaut entendre ça qu'être sourd.

Je me suis levé, j'ai mis trois rangées entre elle et moi.

Immédiatement, Étienne est venu me coller. En effet, il s'était engagé depuis quelques jours dans un processus de réconciliation, perdu d'avance.

— Cet amateur au volant veut passer par La-Croix-aux-Mines, au lieu de prendre par Bougivel. On aurait pu voir des vestiges de fortifications du XIVe.

Moi aussi j'aurais bien aimé voir comment on se fortifiait au XIVe siècle, c'est toujours bon à prendre.

— Je suis sûr que tu peux trouver dans le bus quelqu'un que ça intéressera, Étienne. Cherche encore.

Il s'est tiré. Laissant malheureusement sa place à Constance. J'avais beau faire la gueule de mon mieux, c'était à peu près aussi efficace que si je tenais un panneau « bienvenue aux emmerdeurs ».

— C'est ta mère qui m'a dit d'aller te voir. Faut que je te change les idées.

L'ayant invitée, dans cette perspective, à se taire, j'ai ouvert *Les enchanteurs* au hasard. Ma mère me regardait de loin, guettant, j'imagine, la première manifestation du fameux mal des transports, maintenant qu'elle l'avait annoncé à tout le monde. Pas contrariante, Constance se taisait, fixant bêtement l'appui-tête du siège devant elle, c'est pourtant pas les lectures intéressantes qui manquent mais ça la regarde. Fosco Zaga prétendait, en page 53, qu'il existait des mecs tellement heureux qu'il ne leur restait plus qu'à se pourrir la vie à craindre que ça s'arrête.

Putain, les problèmes de riches. Si ces mecs-là veulent ma place, je suis d'accord.

Constance n'arrêtait pas de renifler. Ça m'a rendu dingue assez vite, je lui ai proposé un mouchoir. Elle m'a dit que ça ne servait à rien de se moucher, c'était une sinusite chronique comme sa mère, ça et la migraine ophtalmique, elle le tenait de sa mère. Elle a pris, pour dire ça, un air important, comme si elle avait hérité d'un truc formidable. Et elle a continué à renifler, jusqu'à réveiller Champion qui a une ouïe extraordinaire. D'où sa place privilégiée dans la chaîne alimentaire.

— T'es sûre que si tu te mouches, ça change rien ?
— Rien.

Moi j'étais prêt à supporter le calvaire, c'est dans ma nature. J'ai l'habitude de tenir ma révolution tranquille, je l'ai prouvé. J'ai regardé le paysage. Or Champion n'a pas l'habitude de se laisser envahir le territoire, c'est là ce qui nous distingue des animaux, en plus de la parole. La plupart du temps.

Champion a poussé Constance. Pas très fort, juste assez pour qu'elle tombe dans l'allée.

J'étais très gêné. Je me suis précipité pour ramasser l'ensemble de Constance, j'ai dit que je ne savais pas comment c'était arrivé et c'était vrai. Les autres rigolaient et nous traitaient d'amoureux. Je ne peux pas écrire ici que les gens sont des cons, je pense que je l'ai trop dit. Mais je ne vous interdis pas de le penser.

Nous sommes arrivés sur le site, en lisière de forêt. Un monastère. Ça valait bien le coup de sortir de Notre-Dame. Vivait là une sorte d'abbé, qu'on pouvait appeler Boris, qui se baladait avec une crosse et ne souhaitait pas qu'on lui donne du mon père. Il a dit vous êtes chez vous, a précisé qu'il n'y avait ici que des visiteurs, des pèlerins, plus aucun frère en résidence. J'ai regardé comment sœur Marie-Aude prenait la nouvelle. Apparemment, ça ne lui faisait ni chaud ni froid.

Boris nous a baladés dans le vaste domaine. Deux bâtiments d'habitation, un autre qui abritait le réfectoire, une chapelle, derrière celle-ci, quelques tombes fleuries, plus loin, un potager, des arbres fruitiers. L'abbé poursuivait, en marchant, son laïus. Nous serions réunis dans la prière, au réfectoire et dans le dortoir avec le groupe pastoral du collège Geoffroy-Saint-Hilaire que voici, serrez-vous la main.

On a serré les paluches des Saint-Hilaire. Second collège de la ville, public, quatre-vingts pour cent de réussite au brevet, vingt pour cent de rupture de scolarité, dix pour cent de redoublement par section aux frais de l'État, expliquait Dédé à un parent d'élève, qui disait, ah oui, vraiment ?

Les Saint-Hilaire étaient également venus avec quelques darons volontaires et un surveillant. Et c'était qui, le surveillant ? Hervé, rien de moins. Ce queutard avait pu retrouver un job dans l'enseignement.

— Sont pas très regardants au rectorat, a dit Maxime et pour une fois ce n'était pas une connerie.

Hervé avait toujours sa sale gueule et fumait tranquillement devant les types à qui il devait avoir confisqué les clopes. Il souriait à Pauline comme je ne vous souhaite pas qu'on sourie à votre fille de dix-neuf ans. D'ailleurs ni une, ni deux, Vachelet a remis Pauline dans le bus, sous la responsabilité du chauffeur à cheveux longs. Vous me la ramenez en ville, monsieur, Pauline, t'appelles ta mère ce soir en arrivant, discute pas.

— Très réactif, Dédé, beaucoup de fermeté, le bonhomme. J'aime bien, jugeait Maxime en observant la scène.

Tiens. Ça aussi, c'est pas trop con, comme remarque. Je veux dire de la part d'un mec qui se coiffe les sourcils, à l'origine. Qu'est-ce qu'il lui arrive, à celui-là, il a découvert son sens critique ? Pourquoi pas. Il est jamais trop tard pour évoluer dans le bon sens. Ça m'aurait réjoui si je ne m'étais, entre-temps, totalement désintéressé de la race humaine.

M. Boris a terminé sur le programme des

deux prochains jours. Prière, office, randonnée pédestre, discussion, et pour commencer du bon pied, zou, un tour dans la chapelle. M. Vachelet a résumé que voilà, ce n'était pas l'armée.

— Non. On ne sait pas ce qu'on préfère, commente Maxime, finement.

D'ailleurs je dois me tromper. Ce devait être quelqu'un d'autre.

L'abbé Boris nous a invités à le suivre dans la chapelle, et sur place, nous a entretenus quelque temps de ces choses importantes qu'on nous avait rabâchées toute l'année. Plus que jamais, nous allions faire partie des brebis du Seigneur et, si nous étions égarés, c'était l'occasion de revenir auprès du berger, que modestement il représentait. En gros. On a fait semblant de découvrir tout ça avec un émerveillement poli. Après quoi, pour illustrer le coup du berger, Boris a tendu sa crosse vers nous, avec la hanse, a crocheté un communiant par le cou et l'a tiré vers lui, comme ça, comme un jambon. Il y avait quelque chose de dégueulasse mais quoi. Étienne était livide.

Évidemment, la brebis égarée qui venait d'être harponnée, c'était lui et vécu de l'intérieur, ce devait être une tragédie. Étienne, putain. J'étais pourtant juste à côté.

L'abbé Boris a remercié Étienne pour sa contribution, déclarant qu'à présent tout le monde allait sortir de la chapelle, mais pas lui. Il allait accueillir un par un ceux d'entre nous qui souhaitaient lui parler, c'était le moment ou jamais. Donc si on le cherchait, il serait dans le confessionnal. Il aurait dit pour chaque confession une paire de Nike, il aurait pas eu moins de succès. La plupart se sont rués, j'aurais pas cru. Pour ma part, je ne me suis pas précipité. J'ai rien à dire, je me punis très bien tout seul et je me pardonne si je veux.

Je suis allé fumer une clope derrière le réfectoire. Ma mère est venue m'y rejoindre.

— Inutile de planquer tes cigarettes, Fabien, si tu crois que je ne sais pas. C'est ta vie, tu sais, tu en es seul responsable.

Merci. Ça m'avait pas échappé.

Champion lorgnait vers le bois. Ma mère a proposé de m'accompagner, elle n'était pas contre une promenade en forêt avec son fils, respirer, bavarder un peu.

Je lui ai dit que moi non plus, je ne pouvais rien pour elle et j'ai pris la tangente. J'ai cherché le dortoir, histoire de me choisir un pieu convenable. Tout le monde fait ça. Tue quelqu'un, apprend que ce n'est pas lui, trouve un endroit pour dormir. Tout le monde.

J'ai pas eu le temps. On m'a rattrapé par le fond de la culotte, pour m'intégrer au premier groupe de parole. J'ai jamais les commandes. Je vais jamais où je veux.

Boris a annoncé le thème de l'échange, la présence de Dieu au quotidien, ou comment moi, jeune chrétien, je l'exprime et je la vis. Étienne, à peu près remis de ses émotions, a levé la main pour demander une consigne plus claire. Grégory a pris le curé de vitesse :

— Comment tu penses à Dieu et à faire le bien d'autrui, tous les jours.

Étienne s'est excusé, il n'avait pas la réponse en ce cas. A suivi un grand silence d'ignorant qui a dû attrister Boris. Christine Poliva s'est alors dévouée pour parler de ce qu'elle faisait de bien pour la paroisse, au motif qu'il fallait bien que quelqu'un commence. La mère Burre a dit qu'elle n'aurait pas pensé à s'en vanter, elle pensait que ce n'était pas elle qui préparait sa profession de foi, qu'elle était là pour aider. Mais s'il s'agissait de participer, c'était autre chose, elle pouvait tenir une conférence sans problème. On commence par quoi ? Les gâteaux, les vieux vêtements, l'organisation de la tombola agricole ? Ce n'était pas les exemples d'efforts pour la paroisse qui lui manquaient. Bobonne a dit qu'on avait compris, ce n'était pas une compétition de charité, mesdames, nous aurons notre groupe de parole plus tard si vous le désirez, laissons parler les enfants. Mme Poliva a dit ça oui, heureusement que ce n'est pas un concours, Éliane. Bobonne a dit pardon, Christine ?

Pour tuer l'ennui, je m'entraînais à retenir ma respiration. Je ne sais toujours pas combien de temps je peux tenir sans air. J'ai appris cette année, sur le tas, qu'on pouvait vivre sans mère, sans second degré, sans manger, sans cours, sans

Étienne, sans information, sans innocence, sans faute, sans aimer Hélène, sans mémoire, et parfois sans réaction. Imaginons que ça vaille aussi pour le CO_2, je serais l'auteur de la découverte du siècle. Un, deux, trois.

Christine Poliva elle non plus ne reprenait pas son souffle, elle voulait reparler de l'appel aux bénévoles pour la kermesse de Pâques, de l'organisation des interclasses de handball qu'elle s'était tapée toute seule. Bobonne a dit qu'elle travaillait, elle, elle n'avait pas tous les loisirs qu'elle désirait. M. Vachelet a vu arriver le boulet et il a dit Bijou, je t'en prie, changeant ainsi le pseudonyme de Bobonne pour toujours. Christine Poliva a répété loisirs ? Bobonne a dit oui, loisirs.

— Bijou, allons, a retenté Vachelet.

Mme Poliva se demandait à voix haute si cinq heures de cours pas préparés par semaine, on pouvait vraiment appeler ça un travail. Et à propos de loisirs, parlons de ceux que Pauline, votre fille, s'octroie en public.

78, 79. Moi, sans air, je peux officiellement tenir des plombes, si ça vous intéresse.

La mère de Constance a ricané et a dit que c'était un sujet intéressant, certes, mais pas pour les enfants.

— Qu'est-ce qui n'est pas un sujet pour les enfants ? a demandé Grégory qui persiste à se prendre pour autre chose.

— Rien, les Jézabel, a répondu Mme Burre à Grégory.

Pas de bol. Elle était tombée sur le seul type à connaître ce genre de truc. Il a dit han, les putes ! éclairant ainsi le reste de l'assemblée. Et quelqu'un a crié y a Bréckard qu'est tout rouge, ce con s'étouffe.

— Fabien, respire, s'il te plaît, ne s'est pas trop affolée ma mère.

Deux minutes dix. Correct.

Bobonne est sortie, suivie de près par son directeur de mari. Arnaud a attendu qu'ils soient hors de vue pour crier reviens Bijou, obtenant l'habituel plébiscite. L'abbé a bien essayé cinq minutes de ressusciter le groupe de parole. Mais quand ça veut pas, ça veut pas.

Ensuite, fin de journée, un foot avec les mecs de Geoffroy-Saint-Hilaire. 6-1 pour eux. Sûrement parce que je gardais les buts et que ça ne s'improvise pas.

Le dortoir collectif, comment dire. J'ai compris pourquoi on avait inventé la chambre individuelle. Parqués, les gens sont devenus fous. Des types de treize ans ont sauté sur leur lit jusqu'à se cogner le plafond, j'ai vu un gars coller ses chaussettes sous le nez d'un autre en rigolant, et d'une seconde à l'autre, tout ce qui pouvait être balancé, godasses, oreillers, sac à dos, bibles, gourdes, a été balancé. Un tir de rafale. Rapidement, quelqu'un a saigné de la bouche. Tandis que Conrad auscultait la lèvre du mec blessé tout en l'engueulant de saigner comme un goret sur un matelas qui n'était pas le sien, un hurlement annonçait une autre victime. Une histoire de main coincée dans un chambranle de porte. Conrad accourait vers le sinistre et se trouvait détourné en chemin par un jet de godasses traversant le dortoir. Le sale job qu'il a des fois, lui. Hervé, fidèle à lui-même quel que soit l'employeur, était on ne sait où, occupé à ne pas faire son métier.

Alerté par le raffut, M. Boris a débarqué. Une fois constatés les dégâts, il a déclaré tranquillement que nous étions possédés. Ce qui est très démodé de sa part, mais peut-être qu'il n'est pas au courant de ce qui se fait. Soi-disant, chez les filles, le dortoir en face, c'était l'inverse, des anges. Ça m'a paru un peu simplet comme vision du monde, un peu noir et blanc, et j'aurais bien lancé un groupe de parole sur le thème, si j'avais été en forme. Boris a calmé tout le monde en nous racontant longuement une histoire d'horreur, celle du monastère. Là où nous sommes, des frères capucins, soupçonnés de cacher des enfants, avaient été enfermés et brûlés vifs par l'occupant. Ce sparadrap d'Étienne, qui avait pris le lit à côté du mien, m'a chuchoté que cette histoire de barbecue, c'était des inventions. Il connaissait tout de l'histoire de la région.

Tout est bon pour m'adresser la parole. Il va bientôt me parler chiffons.

N'empêche, le baratin de Boris avait fonctionné : lui parti, un silence de plomb s'est abattu sur la maxi-piaule, tous les types devaient penser aux capucins brûlés vifs, et à force d'y penser la plupart se sont endormis. Conrad, qui venait de prendre la leçon de sa vie, est sorti peu après car il disposait d'une cellule individuelle. Il reviendrait à la moindre alerte. Et peut-être que ce coup-ci, ce serait lui l'occupant qui foutrait le feu, merde à la fin.

Certains récalcitrants ne dormaient pas, dont Arnaud, qui nous a proposé d'aller rendre visite aux filles. Vu qu'elles étaient pour une fois faciles d'accès, dans le dortoir en face, et comptaient ce soir dans leurs rangs des filles du Public qui pourraient leur montrer comment recevoir. Un Saint-Hilaire a demandé ce qu'Arnaud entendait par « filles du Public ». Arnaud a donné une définition précise. Le mec de Saint-Hilaire a dit oui, c'est ça, exactement.

Mais personne n'a osé frapper à la porte des filles. Même pas Maxime qui nous a fait un aveu : autant il pouvait approcher des filles isolées, et encore pas des grandes gueules, autant tout un troupeau, il perdait ses moyens. J'ai toujours dit que c'était une arnaque, ce type. De parler des filles, ça a déplacé les idées et deux, trois types ont commencé à se toucher comme chez eux, distraitement. Ce n'était pas pour choquer la population, c'est pas la première fois qu'on se montrait nos queues, il y a plein d'occasions pour ça. Arnaud a dit bonne idée, le premier qui gicle a gagné. Depuis le foot un peu humiliant, Arnaud cherchait un moyen de mettre une quelconque raclée à Geoffroy-Saint-Hilaire. J'ai joué par fair-play, Étienne est sorti par snobisme, et quatre-vingt-dix secondes plus tard, c'est encore un mec du collège d'en face qui gagnait, haut la main.

Après quoi, feux éteints, tout le monde dormait d'un sommeil réparateur. J'ai dû m'endormir aussi avant d'être tiré du sommeil par un cauchemar, toujours le même. J'ai constaté qu'Étienne n'était pas dans son lit. Dans le noir, il n'avait pas dû retrouver son chemin. En principe, qu'un ex-ami dorme dehors en rase campagne au mois d'avril, on s'en fout. Mais Champion, plus solidaire de tempérament, a tenu à aller le chercher.

Je suis sorti le plus discrètement possible sans pouvoir éviter de me prendre le pied dans un fil électrique, d'envoyer valser une table de chevet et la lampe posée dessus. Je fais tout tomber. Je me suis fait copieusement engueuler par un type de Saint-Hilaire qui rêvait qu'il faisait du deltaplane et que maintenant, c'était foutu. Du deltaplane. C'est une bonne journée, j'ai l'impression, pour les mecs de Geoffroy-Saint-Hilaire. Je vais essayer de faire tenir la suite sur les trois feuilles recto verso qu'il me reste. Fin de l'histoire, fin du cahier, pile-poil, vous avez vu ? La vie est bien faite, toutes proportions gardées.

Les dernières lignes vous sembleront bâclées et vous allez dire, il me torche le travail, ce sagouin. C'est pas ça. C'est flou dans ma tête, et je ne voudrais pas affabuler. Il faisait nuit, j'étais mal réveillé, je ne crois pas qu'on avait bu, mais peut-être que je me trompe. Je n'ai plus d'images précises de ces heures-là, ça ressemble davantage à des taches, comme de la peinture qui s'étend sur du papier mouillé, vous savez. ça se diffuse mais ça ne représente rien, ça pourrait être n'importe quoi. Eh bien, là, c'est pareil. J'essaie quand même, c'est le contrat.

Pas d'Étienne au réfectoire, zéro Étienne dans le couloir, encore moins d'Étienne dans la cour. Sûrement était-il rentré dans l'intervalle, et faisait-il déjà du deltaplane avec les autres, tandis que moi, en slip et pieds nus dans mes godasses, j'attrapais la mort. Demi-tour. Mais puisqu'on était là, Champion a voulu voir où créchaient Conrad et les accompagnants. Champion n'est plus vraiment domestique et je laisse couler, advienne que pourra. Il m'a entraîné à travers les différents bâtiments, ça l'amusait d'essayer de se perdre. On a traversé le réfectoire, on a déboulé à la cuisine. On a fini dans le jardin, crevés.

La nuit était d'une clarté étonnante. Champion m'a traîné derrière la chapelle.

Ma mère était parmi les tombes, agenouillée devant l'une d'entre elles. Une petite photo, la même que celle qu'Arnaud m'avait donnée, incrustait le marbre en médaillon. Un petit visage bouclé, de petites lettres dorées, Alfred, 1987-1990. Je mélange tout, pardon, la tombe devait être dans le rêve qui m'avait réveillé.

Après, je me revois seul, courant à travers le parking, vers le bois. Je m'entends nettement hurler, hurler quoi, je ne sais plus. Peut-être à l'aide. Encore après, toujours courant, j'ai entendu Fabien, Fabien, Fabien, de plus en plus fort, de plus en plus près. Je me suis dit, aucune chance. J'ai continué à courir vers nulle part, puisque Fabien s'en sortira. J'ai couru, l'important, c'est d'essayer.

J'ai couru dans une forêt. Je me souviens que je cherchais un terrier ou un moyen de transport, qu'un quart de seconde j'ai espéré croiser ma meute. Mais je suis tombé à cause de ces saloperies de chaussures trop grandes. Je suis tombé mais j'avais encore du jus. J'ai essayé de me relever, pour la galerie. C'est alors que j'ai vu, loin dans mon sillage, cet incendie magnifique et vertical, qui fendait la nuit comme à Saint-Jean.

Je l'ai regardé longtemps, plutôt fier.

Je me disais, Franck, mon ami, tu vas enfin l'avoir, ton casier. Incendiaire. En voilà un beau de chef d'accusation. Cette fois, tu pourras pas y couper.

Dès lors, j'ai cessé de courir. La suite, vous la connaissez, c'est vous et c'est ici. Sinon, l'infirmier m'a transmis *Barbe-Bleue* de votre part, qu'est-ce que voulez que j'en foute, c'est pour les enfants. On se voit après-demain pour les formalités. FIN.

J'écris sur le carton de la couverture comme un taulard, et je poursuivrai sur des feuilles de P.Q., sur les murs, plutôt que de continuer votre jeu de sadique sponsorisé par Clairefontaine. Alors comme ça, vous m'avez roulé.

Cinq cahiers, je ne compte plus les Bic de merde qui coulent, j'ai trois doigts sur cinq tatoués à vie à l'encre bleue, j'ai sûrement perdu un dixième à chaque œil, à force de fixer des carreaux. Quatre cent quatre-vingts pages recto verso à mains nues, et, en gros, vous estimez que ce sont des salades.

Je pose la question : vous êtes folle ? J'ai de plus en plus l'impression que vous n'êtes pas du bon côté du bureau, Lydia. Oui, je sais, personne n'est fou ici, tout le monde se repose. Compte là-dessus.

Vous vouliez la vérité ? *C'est* la vérité, bordel de Dieu. Quelle première étape ? J'ai fini. Ça fait six mois que je suis dessus. C'est pas une étape, j'ai foutu le feu, madame. J'ai peut-être pas tué de vieille mais j'ai foutu le feu, point. C'est l'histoire, à prendre ou à laisser. Vous en vouliez une autre, vous êtes déçue, très bien, rédigez-la vous-même, je mettrai mon nom dessus.

Mais vous me proposez de poursuivre, de rester. C'est ça. Vous voulez pas que je vous épouse, aussi ? J'avais bazardé les derniers cahiers qui me restaient et vous, avec votre air de pas y toucher, vous m'en avez apporté un tout neuf, ce matin. Mais torchez-vous avec, docteur.

J'apprends le même jour par téléphone que mes parents ont profité de mon exil pour se séparer. Vous avez vraiment pas peur de la récidive ici. J'espère que vous avez planqué l'essence. Voici ce que je propose, moi : à partir d'aujourd'hui, je casse le mobilier. Vous allez devoir me virer pour vandalisme et vous l'aurez dans l'os, sans compter que ça va créer un mouvement. Ils sont fragiles, vos hôtes. Il suffira que je leur montre, leur dise que c'est un jeu, il ne restera pas pierre sur pierre, vous verrez. Vous ne me laissez pas le choix. Il faut bien que je trouve une sortie de secours, si je ne veux pas qu'on trouve pour moi et que ce soit encore du lithium. Vous gâchez tout, j'allais mieux. Mais je dois être un aimant à connasses.

SIXIÈME CAHIER

Automne 1993

Chère Lydia, je m'en serai mis plein la vue. Je croyais être au maximum de la fantaisie avec Champion, j'étais loin du compte.

Dans le désordre. Ma mère n'a jamais tué de chat, j'ai jamais tué de vieille, c'était pas moi, les vieilles se débrouillent très bien toutes seules. Il n'y a jamais eu de bocal éclaté sur le carrelage. Si seulement. Il y a bien eu une tache au sol, mais ailleurs, mais avant. À la question est-ce que j'ai voulu foutre le feu, la réponse appartient aux pompiers qui ne sont pas catégoriques. Il y a cette lampe que j'ai fait tomber dans le dortoir, l'état du circuit électrique et la poisse universelle, mais aucune volonté de nuire de la part du sujet, moi. Je ne suis qu'accidentel et désolé, je n'ai rien pu faire pour empêcher quoi que ce soit. Ni les flammes, ni mon frère. Il est tombé un jeudi, quelque part dans l'hiver 1990, parce que je ne l'ai pas retenu, parce qu'on n'aide pas un enfant de trois ans à grimper dans un poirier pour grimper sur un toit. Parce que ensuite il le fera seul. La preuve. J'aurais dû le savoir, c'est moi qui lui avais appris à se mettre debout et, très vite, il avait marché seul.

Je n'ai rien oublié. Juste les noms, les dates, les gens, mon rôle et l'histoire, pas grand-chose. Ce n'est pas un crime, d'après vous. Vous dites que la perte est inhumaine, la mort aussi.

Vous dites que tout le monde conçoit un dédale, s'y perd, crie de peur à la fin pour qu'on l'y trouve. Tout le monde.

À la sortie du dédale, dans un jour franc de fin de tunnel, je vois Alfred, sur la crête du toit, les mains en balancier. Hilare et bouclé. Fabien, regarde, tu pourras m'emmener, avec le cirque, en Amérique. Fracture de la boîte crânienne et l'ambulance pendant des heures devant la maison, alors qu'est-ce que je pouvais faire, ben j'ai oublié. Sinon, j'aurais recommencé à m'étouffer, ça aurait fini par marcher et aujourd'hui ce ne serait pas un vase funéraire dans la chambre de mes parents, mais deux. Vous dites tout le monde se condamne, se sauve soi-même, tout le monde.

Après ça, il ne me restait que la terreur des sirènes, du cri des ambulances, à ma mère ne restait que moi, une chanson en italien, l'envie de m'envoyer au diable, elle avec. Quoique l'internat ce n'était pas l'enfer, les gens qui savaient étaient aussi gentils que pour un condamné au dernier jour. Et de toute façon je ne savais plus pourquoi j'y étais. La chambre d'Alfred à ne jamais ouvrir, les affaires d'Alfred à laisser intactes, la médaille de baptême. Avant tout ça, j'étais l'aîné, je jouais de la guitare, c'est vrai. J'aurais pu devenir un guitariste décent.

Vous m'avez découvert, je n'étais pas si bien caché. J'espère que c'était difficile. J'aimerais me dire que c'était une montagne, je ne suis pas modeste. Je suis Fabien Bréckard et pas Franck Débrice, vous me dites que la mémoire blessée fait beaucoup dans l'anagramme, que Franck l'exclu, la légende enfuie à la première page, est celui que j'étais avant la chute de l'enfant. Le vrai, pas celui en plâtre. Vous êtes impitoyable. Les enchanteurs ont du bol de ne pas vous avoir croisée, vous leur auriez ruiné le moral et les affaires.

Alfred est mort, Fabien s'en sort, je vais m'y faire. Je m'y fais. Je suis soulagé que l'incendie du monastère n'ait endommagé personne. Je n'aurais pas pu m'empêcher de me coller ça sur le dos.

Que vous appeliez ça le refoulement, que moi j'appelle ça autrement, que vous parliez de troubles, que je parle d'illusions, que vous parliez de représentations, que je parle d'enchantements, que vous parliez de défense et que je parle de survie, on s'en fout. L'essentiel, c'est d'avoir mis le doigt dessus. Vous parliez de deuil, parlons d'éternité. Je crois que j'ai gardé Alfred en vie, envers moi et contre toute réalité. Je l'ai inventé à chaque coin de rue. Un enfant dans les couloirs de l'internat, une photo, deux photos, celui dans les bras de la Vierge, un chat perdu.

Je l'ai fait durer. Je ne vous promets pas d'arrêter, il faut bien vivre, simplement je saurai ce que je fais. Merci pour tout.

Vous dites que je vais bien. Je me sens vague, et pas sûr de me suffire désormais. Vous dites que c'est un sentiment normal. Vous dites des tas de choses et je tombe des nues. Je suis toujours en colère, peut-être un peu moins. Ça aussi, c'est normal, d'après vous, ça passera comme un orage. Tout est normal et tout passe, à se demander ce qu'on fait encore ici, à en parler. Probable qu'on a du mal à se séparer finalement, probable que je suis attachant, vous êtes pas mal non plus. Il faut bien que je vous l'avoue, je vous aime beaucoup, mais j'aime pas le dire, j'aime pas qu'on me touche, j'aime pas toucher, j'ai peur de faire tomber. Allons, Lydia, c'est pas comme si on n'allait jamais se revoir. Deux fois par mois, quinze jours de patience entre chaque séance, ce n'est pas le bout de monde. Vous allez tenir le coup. Mais si on pouvait se retrouver dans un café désormais, j'aimerais autant. Ici, j'ai fait le tour.

Vous me dites que l'amoureux de ma mère, appelons-le Machin, voudrait vivre avec elle, avec moi, et ses deux mômes à lui. Vraiment ? Je pense que Machin ne m'a pas bien regardé. Il a quel âge, trente-huit ? C'est pour ça. C'est jeune, ça ne sait pas. Mon père me revendiquerait aussi. M. Vachelet non, rapport aux parents qui paient qui commençaient à dire à Notre-Dame, vous savez, ils nous fabriquent surtout des incendiaires. Mamie n'est plus une solution, puisqu'elle est morte. Je ne dis pas ça pour vous faire chialer, je suis ravi pour elle, elle méritait de gagner. Elle est partie sans oublier mon prénom, ni Papi, ni son Espagnol, tous les papiers dans l'ordre sur la corde à linge. Dans ses armoires, de la confiture d'avance pour une année seulement. Tout ce qu'elle voulait.

La question reste entière, où c'est, chez moi ? J'ai l'impression que personne n'en sait rien. C'est sûrement pour ça que vous m'avez laissé *Le vilain petit canard* sur mon lit. J'en aurai relu avec vous, des classiques du CM1. J'ai beaucoup aimé, j'avais oublié quelle était sa problématique, à cette volaille, j'avais même oublié qu'il finissait en cygne. C'est très encourageant, mais si vous aviez plus concret, je prends. C'est comment chez vous d'ailleurs ? Vous avez une chambre d'ami ? Je pourrais surveiller vos gosses, qu'ils montent pas sur le toit.

Mon père ? Ce serait raisonnable. Il n'a que moi et sa bagnole, je me vois mal le planter. Il est passé la semaine dernière, mon père, il allait très mal, c'est le permis à points qui lui fait ça. Forcément, c'est une malédiction les points pour un type qui fait autant de kilomètres à la va-vite. Il criait que sa voiture, c'était son outil de travail, que ces fascistes ne se rendaient pas compte, qu'il n'arrivait plus à faire ses objectifs en respectant les limitations, qu'il avait envie de tuer quelqu'un. Je pense que c'est davantage Machin que le ministre des Transports, ce serait humain. Il était tellement affolé que j'ai failli le garder ici.

Et ma mère. Elle va vivre avec des étrangers, finalement. Elle n'a jamais été très forte pour communiquer et si, là où elle va, personne ne peut la traduire ? Si les mômes de Machin ne comprennent pas qu'elle pleure juste pour garder la mémoire, et pas à cause d'eux ? Moi j'ai mis des années à piger ça. Ils le pigeront pas en deux semaines.

Bref, je ne sais pas à quel feu courir. Je devrais être deux.

Un autre internat ? Éventuellement. Quoique la pension, j'en reviens. Je sais pas. Si j'étais encore un loup, j'irais dans les bois gueuler où ? où ? où ? comme ils font, et j'écouterais ce qu'on me répond. J'arrête, vous allez vouloir me retenir. De toute façon, j'arrête. Je commence à tourner vieux con. Si je continue, j'ai l'impression que je vais aligner des phrases qui commencent par « La vie, c'est ». Comme un type majeur, revenu de tout, qui aurait le reste du temps pour ricaner. Parfois je me sens comme ça, pas toi, Champion ?

Détendez-vous, je plaisantais. Vous vous disiez déjà, des mois de travail, et ce débile parle à son double comme si on venait de commencer. Je sais bien que Champion ne pourra plus se rendre utile. C'est le problème avec les illusions, les feux d'artifice, ça ne sert qu'une fois. Hormis chez les très très grands dingues, j'imagine. Vous devez aussi avoir vos stars.

Bien. Les trois quarts du calepin sont encore vierges, j'aurais un boulevard pour vous raconter le réel, mais je sèche. On est obligé de le finir, le cahier ? Parce qu'on n'est plus à une consigne aberrante près, dites-moi. Vous m'avez déjà fait écrire une lettre d'excuses aux victimes de Champion, un journal de mes rêves, une lettre d'adieu à Alfred, je m'attends à tout.

Une dernière chose. Vous m'avez dit Fabien, à la longue, on se construit sur des choses certaines. Sur le coup, ça sonnait comme une bonne nouvelle, j'ai pensé tant mieux. Mais j'ai réfléchi, je préfère pas. Je préférerais autre chose, je ne sais pas quoi. Je sais juste qu'à la longue, se construire, et les choses certaines, ça me fait penser à mes parents, et regardez. Je vais commencer par prendre la mer, après on verra.

Je peux sortir maintenant ? Oui, je sais, je ne suis pas enfermé.

À mes frères, Aldo et Adrian.
Qu'ils renoncent à se chercher dans cette histoire.

Premier cahier	11
Deuxième cahier	67
Troisième cahier	121
Quatrième cahier	173
Cinquième cahier	205
Sixième cahier	237

DU MÊME AUTEUR

Aux Éditions Gallimard

AVANCER, 2012
ROME EN UN JOUR, 2013 (Folio n° 6057)
CHAMPION, 2015 (Folio n° 6723)
LES IMPATIENTS, 2019

Aux Éditions Pauvert

TOUTES LES FEMMES SAUF UNE, 2018

*Tous les papiers utilisés pour les ouvrages
des collections Folio sont certifiés
et proviennent de forêts gérées durablement.*

*Composition Nord Compo
Impression Maury Imprimeur
45330 Malesherbes
le 28 juillet 2023
Dépôt légal : juillet 2023
Numéro d'imprimeur : 272036*

ISBN 978-2-07-286464-3 / Imprimé en France.

621404